LES PETITS PERSONNAGES

DU MÊME AUTEUR

CHEZ LE MÊME ÉDITEUR

Le Père de la petite, 2005 ; Arléa-Poche, 2008 ;
prix Librecourt 2008

La Femme de l'Allemand, 2007 ; Le Livre de poche, 2009 ;
prix des lectrices de *ELLE* 2008 ; prix du *Télégramme* 2008

Jeux croisés, 2008 ; Le Livre de poche, 2010

Éclats d'enfance, 2009 ; Arléa-Poche, 2014

Plage, 2010 ; Arléa-Poche, 2011

Un léger déplacement, 2012 ; Arléa-Poche, 2013 ;
prix des Bibliothèques pour tous 2013 ; prix Exbrayat 2012

Un jour par la forêt, 2013 ; Arléa-Poche, 2015

La Maison-Guerre, 2015 ;
prix des bibliothèques de Corrèze 2016

La Gouvernante suédoise, 2016 ; Folio n° 6491, 2018 ;
prix Bretagne 2017 ; prix Merlieux des Bibliothèques 2017

Vous n'avez pas vu Violette, 2017 ;
prix de la Nouvelle de l'Académie française 2018

Les Sœurs aux yeux bleus, 2019 ; Folio n° 6829, 2020

Ne quittez pas !, 2020

La Maison de Bretagne, 2021 ;
prix de l'Académie littéraire de Bretagne et des Pays de la Loire 2021

Les Petits Personnages, 2022

Marie Sizun

LES PETITS PERSONNAGES

arléa
16, rue de l'Odéon, 75006 Paris
www.arlea.fr

Juin 2023 pour la présente édition
EAN 9782363083388

Glorifier le culte des images (ma grande, mon unique ma primitive passion).

« XXXVIII », *Mon cœur mis à nu*

Le poète jouit de cet incomparable privilège qu'il peut à sa guise être lui-même et autrui. Comme ces âmes errantes qui cherchent un corps, il entre quand il veut dans le personnage de chacun.

« La foule », *Le Spleen de Paris*
Charles Baudelaire

Les petits personnages dont je parle, ce sont ceux qu'on voit, minuscules, secondaires, presque inutiles, dans un tableau dont l'objet principal est un paysage ; figures quasi anonymes dont la présence ne se justifie que par le désir du peintre de donner vie à un décor figé ou d'exprimer par le contraste marqué entre leur petitesse et la vastitude du lieu où ils se trouvent, une idée ou un sentiment qui frappera le regardeur.

Je pense à ces paysages des maîtres flamands, aux merveilleuses images champêtres des enluminures du Moyen Âge ; et, bien sûr, aux innombrables œuvres du XVIIe siècle à nos jours, de Poussin, du Lorrain, de Watteau, de Turner, de Friedrich, de Corot, de Marquet, qui toutes introduisent dans leurs sujets ces très petites figures : étant bien entendu qu'il ne s'agit pas de ces personnages de premier plan, extrêmement travaillés et qui à eux seuls pourraient constituer une œuvre, mais de ces petits êtres à peine esquissés, posés sur la toile par le peintre dans leur inachèvement, comme des figurants de second ordre qui servent sans doute le dessein général du tableau, mais dont l'histoire particulière n'intéresse apparemment personne. Dans la peinture moderne, souvent proche de l'abstrait, on les retrouve aussi, ces utilités, sous une forme simplifiée et quasi schématique, souvent une simple croix, un trait plus ou moins sinueux, embryons de dessin.

Ces oubliés de la peinture, ces marginaux, ces créatures à peine ébauchées m'ont toujours intriguée et charmée, mystérieuses, fragiles existences nées d'une idée éphémère du peintre, ou ajout, pointe finale et, qui sait, signature secrète de l'artiste ?

J'ai pensé qu'il serait plaisant de les retrouver, ces anonymes, ces modestes formes humaines, et, en leur insufflant un nouveau souffle de vie, de leur permettre d'exister pleinement.

On se demande qui il est, cet homme qui marche seul, tout petit, au bas d'une immense marine, sous un ciel d'orage. Ou ce que fait ce groupe d'enfants, silhouettes minuscules, dont on ne distingue quasi rien au bord de cette dune éventée. Ou ce qui arrive à cet homme et cette femme – si l'on peut juger de leur sexe tant ces créatures sont représentées schématiquement – qui semblent converser, ou s'affronter, couple dérisoire debout à l'orée d'un champ de blé. Et cette vieille femme qui chemine le long d'un bois sans qu'on voie autre chose d'elle qu'une pâle silhouette? Où va-t-elle? Que fait-elle? Ou ces deux gaillards accoudés à un muret devant un gouffre de montagne? Que se disent-ils? Qui sont-ils? Pourquoi sont-ils là?

Personne ne le sait, ils sont comme hors du temps, hors de leur vie, individus anonymes, fixés sur la toile par le geste d'un peintre visiblement plus occupé du décor qui les entoure que d'eux, condamnés comme ils le sont au rôle d'utilités, de faire-valoir, dont on n'a pas jugé nécessaire de préciser l'histoire, ou même les traits. On voudrait pourtant voir leur visage, quand ils ne tournent pas le dos, ce visage réduit souvent à une tache de couleur, l'ébouriffement d'une coiffure, ou, et c'est encore le plus simple, à un chapeau, un fichu. Ces gens n'existent parfois même que par le mouvement imprimé à leur corps, ou par la cessation de ce mouvement, et leur immobilité semble être alors leur seule raison d'être.

Le peintre ne s'occupe pas de ces infimes, ces sans nom. Il les tolère dans un coin de son tableau, juste comme l'étalon-mètre de la grandeur ou de la force du paysage qu'il a voulu montrer; ou comme la mouche qui rehausse la beauté d'une belle sur sa joue, l'accent qui donne sa saveur à un mot. Il semble les avoir oubliés. Mais, qu'il le veuille ou non, les petits personnages, compagnons de son travail, continuent de vivre leur vie personnelle et de nous interroger.

Car, pour le spectateur de l'exposition, l'aventure ne fait que commencer. Lui, sa fonction c'est seulement de regarder. De voir. De découvrir. De se poser des questions. Le tableau tel que l'a laissé le peintre ne lui suffit jamais ; le lac, la forêt, la montagne, la plage que le peintre lui suggère de contempler, il les regarde ; mais, pour mieux les voir, il lui arrive quelquefois de s'immiscer dans l'un de ces petits êtres subalternes qui bordent le tableau ou surgissent discrètement ici ou là sur la toile, et de le voir par leurs yeux. De s'introduire un instant dans leur vie. De la réinventer. De se la raconter.

En effet le tableau est un merveilleux tremplin pour l'imagination, surtout quand elle n'a pour s'exercer, hors l'impression générale suggérée par le paysage, que bien peu d'indices en ce qui concerne les modestes et discrets petits personnages qui l'habitent.

Très vite, le spectateur imaginatif s'identifie à cet homme qui marche seul sur une plage déserte et qui hâte le pas car les nuages s'accumulent au-dessus d'une mer qui prend des reflets d'un vert inquiétant. En fait il ne regarde même plus le paysage, il se presse. Il n'est plus qu'angoisse sous ce ciel d'orage. Il pense qu'il arrivera sans doute trop tard.

Elle avait dit qu'elle passerait peut-être cet après-midi ; mais elle dit tant de choses. Il n'y comptait pas vraiment. Pourtant, cette fois, si c'était vrai ? Et il ne sera pas là, et la pluie battra les vitres de la fenêtre ouverte sur la maison vide ! Il se presse, dans l'angoisse d'arriver trop tard, quand sera déjà repartie la femme qu'il attend toujours et qui vient si rarement. C'est une telle fête quand elle arrive, relève ses cheveux blonds en un chignon désordonné qu'elle fixe d'une longue épingle, à la japonaise, d'un geste qu'il adore.

Le cœur du spectateur bat à grands coups désordonnés comme si c'était lui qui courait. Lui qui était cet homme sans visage, anonyme, intemporel, fuyant l'orage. Cette figure minuscule, au bas d'un tableau, ce petit personnage qui maintenant prend pour lui toute la place.

Le peintre ne voulait peindre que ce ciel et cette mer d'orage ; donner le sentiment d'une menace, d'une urgence, de la force des éléments face à la médiocrité humaine. Nous mettre au cœur de ce mystère. Mais presque sans y faire attention, d'un geste modeste, il nous a mis en scène et c'est notre vie que nous retrouvons, que nous comprenons.

Ici le paysage représente, sous un ciel tourmenté, une sorte d'archipel, scandinave peut-être, bordé à gauche de hautes collines qui se succèdent d'une plage à l'autre, presque indéfiniment. Elles sont d'un brun sombre, tirant sur le violine, et la mer d'un blanc laiteux. Le gris du ciel est marbré de mauve. L'ensemble donne une impression d'étrangeté, de dépaysement, comme d'entrée dans un autre monde. Et de solitude. Car, dans cet univers insolite, il n'y a personne. On pourrait entendre le silence. Nul oiseau, pas de vent. Pas d'arbres qui fassent bruire leur feuillage. Rien. C'est un paysage comme minéral où l'eau elle-même est miroir opaque et muet.

Pourtant dans ce désert on distingue, en bas et à gauche de la toile, marchant au bord d'une de ces plages minérales, deux très petits personnages, à peine personnages, tant ils sont stylisés, et comme réduits à leur essence. Ils ne sont figurés que d'un trait avare, dans le mouvement esquissé par leurs corps, face à face, dans l'attitude qui serait celle d'une conversation. Ou d'un débat.

On dirait que la scène est vue d'avion, ce qui explique la petitesse des sujets et le caractère inachevé du dessin, qui nous présente non des personnes mais des êtres en situation, ou plutôt – on le voit à je ne sais quelle inflexion du trait, un homme et une femme en conversation.

Que peuvent-ils se dire ? Ou ne plus se dire ? Car on comprend à leur attitude soudain figée qu'ils ont cessé de parler.

Et voilà que le curieux les écoute et qu'il entend leurs paroles muettes.

Pourquoi avoir fait ce long voyage et ne trouver à son terme que le silence ? Et quelle idée d'avoir choisi ce désert, ce lacis de plages vides ? Ils sont arrivés semble-t-il au point d'où le paysage devrait être le plus beau. C'est ce que l'homme sans doute vient de dire. Il voulait montrer cette beauté à sa compagne. Lui faire comprendre sa perfection. Mais elle, dans l'infime retrait de son corps, se dérobe. Distante. Sourde. Étrangère. Ils ne se comprennent pas. Ils ne se comprendront jamais. Peut-être parce qu'il est un homme et elle une femme. Peut-être parce que l'un est artiste et l'autre géomètre. Peut-être parce ce que leurs chemins, longtemps joints, doivent se séparer. En tout cas c'est la conclusion à laquelle chacun des deux arrive. Et c'est ce que leur crie la désolation de ce beau paysage qui les renvoie à leur solitude.

Ce tableau a l'intensité douloureuse et magnifique de certains rêves.

Le spectateur connaît bien ces petits personnages. L'histoire racontée, il la comprend aussitôt. Il entend sa stridence. Il sort tout transporté de la galerie de peinture. Dans le chagrin et la joie de mieux comprendre sa vie et celle des autres. Et si, d'aventure, il est romancier, toutes ces histoires entrevues, il éprouve le besoin de les écrire à sa façon, en une lointaine complicité avec le peintre qui les lui a suggérées.

LA DAME EN BLEU

C'est à peine un petit personnage. Presque une figure à part entière, tant elle a de force expressive et en même temps de mystère.

Pourtant elle n'est qu'un détail dans cette superbe miniature illustrant l'hiver, et en particulier le mois de février : tout en haut, en forme de coupole, on voit la carte astrologique des mois d'hiver, avec les emblèmes du Verseau et du Poisson sur fond d'azur étoilé autour du char du soleil. Ah ! Ce bleu ! Il éblouit déjà tant il est la vie. En dessous, une grande vignette représentant les activités et travaux de ce moment de l'hiver à la campagne, dans un paysage enneigé, constitue le tableau à proprement parler, mais il est indissociable du bleu divin de la carte astrologique. Que voyons-nous ? Au loin, un village vers lequel un vieux paysan mène son âne chargé de produits à vendre ; un peu plus bas, un jeune homme abat un arbre pour faire du bois ; les ruches des abeilles sont couvertes, les moutons à l'abri dans leur bergerie ; les barriques pleines attendent d'être mises en perce ; des pigeons sont groupés autour de graines providentielles déposées sur la neige ; et, à l'intérieur de la maison au toit couvert de neige, des femmes travaillent devant la cheminée. Ce pourrait être une bande dessinée racontant les travaux et les jours de l'hiver. Mais c'est une œuvre d'art, art de la composition qui suggère un ensemble, mais sait s'attacher au moindre détail ; art de la couleur qui ménage des harmonies de gris, le ciel, le tronc des arbres, le paysan encapuchonné qui mène l'âne ; de beige, les ruches, le four à pain ; et de blanc, la neige qui couvre la montagne, la route, le dessus des arbres et le toit de la maison. Toutes couleurs d'hiver…

Or il y a le bleu. Le bleu de la robe de la dame en bleu. Celle qui, au premier plan, se chauffe devant le feu et ne fait rien d'autre. C'est elle visiblement la maîtresse de cette maison, d'abord par son élégance, cette jolie robe décolletée mettant en valeur sa poitrine, quand les deux autres femmes sont moins avantagées et par la nature et par leur mise ; un peu en retrait, elles profitent moins de la chaleur du feu, et sans doute, de bien d'autres choses. La dame en bleu porte une seyante coiffure noire qui encadre son visage et dont les pans retombent gracieusement sur son cou et ses épaules. Elle est chaussée de petits souliers noirs assortis à la coiffe. Appuyée au mur, elle se laisse aller au plaisir d'être devant un bon feu alors que, dehors, il fait si froid. Pour mieux profiter encore de la chaleur, elle soulève légèrement de chacune de ses mains posées négligemment sur chacun de ses genoux le bas de la robe bleue, ce qui laisse apparaître son jupon de percale blanche. Un rien de coquetterie dans ce geste qu'elle accomplit les yeux fermés, le visage empreint d'une secrète béatitude. Il y a même de la sensualité dans la manière dont elle a soin d'écarter légèrement les cuisses pour mieux laisser monter la chaleur du feu. Pourtant personne en cet instant ne la regarde. Entourée de subalternes, elle est seule : elle ne regarde personne, c'est à elle-même qu'elle fait la cour. Cette pure jouissance du moment, ce bonheur absolu d'exister, c'est pour elle seule. Son sourire le dit suffisamment. Elle s'appelle Johanna et elle est la maîtresse. Le monde s'ordonne naturellement autour d'elle.

Au demeurant, ses servantes, ces femmes assises à travailler près du feu, profitent aussi de cette douce chaleur, mais avec moins d'élégance : gros genoux découverts et jupe relevée sans souci de laisser voir l'intérieur des cuisses ; et puis une sorte d'avachissement du corps qui dit la fatigue et évoque le monde du travail. Tandis que la maîtresse, elle, connaît le luxe et le bonheur de rêver.

À quoi pense Johanna ? Elle pense d'abord, et c'est à peine une pensée, qu'elle se sent bien dans son corps et dans sa tête. Que cette chaleur est exquise. Qu'il est doux de ne rien faire quand tout travaille autour d'elle. Qu'elle est belle. Que cette robe met superbement en valeur ses seins. Qu'ils sont blancs, qu'ils sont parfaits.

Elle sourit en pensant que ce soir, son jeune amant viendra la rejoindre. C'est lui qu'on entend, dehors, abattant un arbre avec une belle vigueur, pour que, cette nuit, il fasse bon dans la chambre. Elle l'a vu en passant tout à l'heure. Elle le lui a rappelé. Il porte une veste bleue aux couleurs de sa dame. Aux couleurs du ciel astrologique. Aux couleurs de Dieu qui fait si bien ce qu'il fait.

Johanna pense aussi que dans son corps, ce corps parfait, a peut-être commencé à vivre un petit enfant qui sera la vie. Et c'est trop de bonheur, cette secrète germination en elle comme dans la terre, en même temps que celle de la terre.

Elle pense qu'elle aime l'hiver, son mystère, sa force, elle qui ne doit pas en supporter la rigueur. Sa mère lui dit bien qu'elle devrait un peu penser aux autres, aux pauvres gens qui s'activent sans répit pour elle. Est-ce qu'elle les regarde seulement, ces misérables, massés au fond de l'église, le dimanche, à la messe, quand elle parade devant l'autel ? Est-ce qu'elle se soucie jamais de Dieu, lui demande aussi sa mère, de Dieu notre Seigneur ?

Mais Johanna sourit malicieusement au souvenir de la voix un peu grondeuse de sa mère. Fariboles de vieille femme qui a oublié ce qu'est le plaisir. Elle, elle est jeune et tellement pleine de vie. Elle trouve que tout va bien dans ce monde, ce monde que Dieu a voulu tel, dans sa grande bonté, puisqu'il peut tout.

Seulement parfois elle se demande en mesurant son incroyable bonheur, la merveille de se réveiller chaque jour, de profiter de chaque instant et de se sentir si intimement, si merveilleusement protégée, au fond, pourquoi moi ? Pourquoi Dieu m'aime-t-il tant ? Mais, l'instant d'après, elle a déjà oublié.

Oui, parmi tous les petits personnages de la vie en février, elle est la dame en bleu. Celle du bonheur. Et, à cette pensée, elle sourit doucement, cette fois de pure joie, d'innocente gratitude, et ses jolies paupières se referment sur son secret.

Fantaisie sur
Février, Les Très Riches Heures du duc de Berry,
frères de Limbourg, XIVe siècle

LA PLAGE BLANCHE

C'est une longue plage de sable blanc, à peine interrompue au loin par un tournant, et qui continue ensuite, croirait-on, jusqu'à l'infini. Une longue plage déserte à l'exception de deux très petits personnages, deux hommes, représentés de façon presque schématique, qui cheminent côte à côte. À droite, la mer, très bleue, épousant les sinuosités de la plage. À gauche, une falaise brune au sommet recouvert d'une dune verte et jaune. Le ciel, une étroite bande d'un gris très pâle : une absence.

C'est tout.

Après le déjeuner où l'on avait parlé agréablement (ils ne s'étaient rencontrés tous les trois ensemble que rarement, le couple et l'ami, et la dernière fois était lointaine), le mari avait proposé qu'on marche sur la plage. La femme n'a pas voulu les accompagner. Il insistait : « Allons ma chérie, fais un effort ! Viens avec nous, il fait si beau ! Ton ami sera vexé, lui qui est venu de si loin pour nous voir ! »

Non, elle était fatiguée. Et puis elle voulait leur préparer tranquillement un bon dîner : ce n'était pas si souvent que l'ami venait les voir. Ils avaient sûrement envie de parler entre hommes.

« Mais tu sais bien que c'est toi qu'il vient voir avait encore dit le mari ! Moi, je ne suis qu'une pièce rapportée !

– Ce sera justement l'occasion de mieux vous connaître ! avait répliqué la femme.

– Tu ne vois pas qu'elle veut absolument nous mettre à la porte ? avait conclu l'ami, faussement enjoué. Alors, on y va ? On marche ! Entre hommes ! »

Il n'était que quatre heures, la marée était basse, le sable magnifique. La femme les a accompagnés jusqu'à la porte du petit jardin qui ouvre sur la plage. Elle les a regardés un moment s'éloigner, comme ils lui faisaient signe de la main. Deux hommes de même taille, assez semblables au fond, a-t-elle pensé, surtout avec les vêtements très simples qu'ils portaient l'un et l'autre, ces vêtements de bord de mer, un jean, un blouson léger. On ne les distinguait bientôt plus que par leurs cheveux, gris et courts pour l'ami, noirs et un peu longs pour le mari.

Elle se hâte de regagner la maison. Un peu inquiète, finalement, de les avoir laissés seuls. Ils se connaissaient déjà, mais superficiellement. L'ami avait assisté au mariage du couple. Ils l'avaient invité à dîner une ou deux fois à Paris quand ils y habitaient encore. Mais aujourd'hui, le faire venir en Bretagne, pourquoi ? L'idée ne venait pas d'elle, mais de son mari. Il avait tellement peur qu'elle s'ennuie dans leur nouvelle vie, loin de tout. Elle, cette invitation l'avait un peu effrayée, mais elle n'avait pas osé protester. Il aurait trouvé ça bizarre. Il savait que l'ami avait été pour sa femme un flirt de jeunesse. Rien de plus, avait-elle assuré. Et puis c'était il y a longtemps. Presque dix ans.

Les deux hommes avancent côte à côte, ou plutôt parallèlement, un bon mètre de distance les sépare. Ils ont la même stature, marchent du même pas. Mais il y a on ne sait quoi d'hostile entre eux.

« Ça me fait plaisir de te voir, dit le mari. Elle parle souvent de toi, et je te connais si peu !

– Ah bon ? Elle parle de moi ! J'espère que ce n'est pas pour en dire du mal ? plaisante l'ami. Mais il y a quelque chose d'excessif dans sa surprise et surtout dans sa question.

– Pas du tout ! Bien au contraire ! D'ailleurs, je profite de l'occasion pour te demander… Si tu veux bien ? Puisque nous sommes entre nous… Il y a longtemps que je voulais le faire mais on ne te voit jamais ! Voilà… Je crois qu'elle avait un gros faible pour toi ! Et qu'elle l'a encore, d'ailleurs ! »

C'est parti comme ça. Malgré lui. Des mots lâchés dans le grand silence de la plage. Maintenant il est trop tard pour les rattraper. Du coup le pas du mari s'est brusquement ralenti.

Gêné, l'ami éclate de rire : « Tu plaisantes, j'espère ?, tente-t-il de dire. Elle t'adore, vous êtes mariés depuis des années…

– Oui, mais nous n'avons pas d'enfant, fait le mari avec amertume, comme si c'était une réponse à la remarque. Ce n'est pas grave, ajoute-t-il on ne sait pourquoi. »

Ils se taisent. Ils se sont arrêtés de marcher, comme figés sur place.

Ils étaient arrivés à l'endroit où la plage s'incurve : passé le tournant c'est un merveilleux paysage qu'on découvre. L'ami est soulagé de pouvoir se réfugier dans quelques exclamations admiratives. Ils repartent.

Or, à peine se sont-ils remis à marcher que le mari reprend, soudain incisif :

« Mais toi, au fond, qu'est-ce que tu éprouvais pour elle ?

– Moi ? Mais qu'est-ce que tu veux que je te dise ?

– Rien. Seulement la vérité. »

Ils avancent, plus séparés que jamais. Le regard du mari est dur, impitoyable. Comme cette plage est blanche !, pense l'ami, troublé. Dans tout ce blanc on ne peut mentir. Il garde le silence. Il revoit le visage chaviré d'amour de la femme entre ses bras.

« Tu l'aimais n'est-ce pas ? reprend l'autre. Et elle aussi, bien sûr ? » s'exclame-t-il. Puis, soudain, d'une voix bien différente, âpre, mordante : « Qu'est-ce que je suis venu faire entre vous, moi ? Dis-moi, l'ami ? Hein ? Quoi ? Tu es muet à présent ! »

En cet instant il a l'air d'un fou. Il n'a plus rien de l'époux posé de la femme, rien du petit bonhomme falot qu'il avait classé, méprisant, au premier regard, quand elle le lui avait présenté.

Il n'y a personne sur la plage que les deux hommes ; et l'ami pense que tout pourrait arriver. Pourquoi a-t-il eu la folie, le masochisme de répondre à cette invitation ? Mais non, il ne se passera rien. Ils ne diront rien de plus. Le mari a compris ce qui était à comprendre et tout est abîmé de sa belle histoire. Celle de son mariage. La leur. Tandis que l'ami pense la même chose de la sienne. Celle d'autrefois. Ils marchent un moment en silence. On n'entend que le petit bruit des vagues qui commencent à remonter.

« Tu sais qu'il est déjà six heures ! fait soudain le mari. Elle va commencer à s'inquiéter !

– Tu as raison ! Si on rentrait ? », répond l'autre.

Le ciel déjà très pâle a presque disparu, noyé de crépuscule. Il fait un peu froid. Ils se hâtent. À la femme, on ne dira rien. Bouche cousue. Ils sont d'accord sans avoir eu à se le dire. Demain matin, l'ami reprendra son train pour Paris.

Fantaisie sur
La Falaise de la Grève blanche à Vasouy,
Félix Vallotton, 1913

LA FEMME DU MEUNIER

Le tableau représente un moulin à eau, le moulin à eau de la ville de Quimperlé, en 1901. On voit un long bâtiment d'un rose passé sous un toit d'ardoise, d'allure un peu militaire, un peu carcérale avec ses trois étages percés de fenêtres symétriques. En arrière-plan on distingue l'ancien couvent dont il faisait partie et qui sert à présent de logement au meunier.

Le bas de la toile est occupé par la rivière qui alimente le moulin ; son eau sombre n'est éclairée que par le reflet ombreux du bâtiment principal. À l'extrémité droite du tableau se dessine le début de l'arche d'un pont derrière lequel on distingue une petite place plantée d'arbres.

Quelle heure est-il ? La lumière est celle d'un crépuscule, tombant d'un ciel bleu-gris où se dessine déjà un très mince croissant de lune blanc qui se reflète sans éclat dans le cours d'eau.

C'est sans doute peu après le coucher du soleil. L'impression générale est d'une grande mélancolie, pour ne pas dire tristesse, mais du fait de l'heure incertaine, de l'absence de vie, du caractère fané des coloris, quelque chose suggère aussi le mystère. Les fenêtres du moulin ne sont pas éclairées ; elles semblent ouvrir sur des pièces vides, abandonnées. La journée de travail est terminée.

La seule fenêtre éclairée, une petite croisée, est celle de la maison d'habitation. Son jaune orangé est la seule touche de vie du tableau. Le soir annonce avec la fin de l'activité du moulin la reprise du quotidien familial du meunier et des siens.

Pourtant il y a dans l'ombre, à gauche, sur le quai de la rivière, au pied de ce qui semble l'habitation du meunier, deux petits personnages : une femme adossée au mur d'une sorte d'appentis et un jeune garçon. Derrière eux, la porte largement ouverte du logis et, sur le seuil, à peine esquissée, la silhouette d'une servante ou d'une fillette se détachant sur l'obscurité de ce qui pourrait être la cuisine où l'on prépare le dîner.

La femme debout contre l'appentis est vêtue d'un long tablier de toile bleu foncé et porte une petite coiffe blanche. À côté d'elle, posée sur le sol, une cruche. Du garçon, un peu plus petit qu'elle – un adolescent – on ne voit que le dos et le profil du visage ; il porte un vêtement sans doute de travail, sombre et anonyme.

Qui sont-ils ? La meunière et son fils ? Non, il n'y aurait pas entre eux cette retenue ni cet embarras dans le geste esquissé par le garçon vers la femme pour lui toucher le bras : affection ? Respect ? Il doit s'agir d'un apprenti. Que lui dit-il ? Ou que va-t-il lui dire ? On dirait qu'ils attendent quelqu'un. Le garçon s'apprête à partir, sa journée de travail achevée. Une barque va passer le prendre, le ramener chez lui. Il reviendra demain, très tôt. Et toute la journée ils travailleront de nouveau ensemble, elle et lui, sous les ordres du meunier, dans cette énorme bâtisse qui ressemble à une usine ou à une prison.

Le garçon n'a que seize ans. Il n'est pas bien costaud. Il souffre de l'autorité brutale de son patron. Il n'aime pas sa voix querelleuse, redoute ses colères, la menace de la main qui s'abat sur lui quand il n'a pas compris un ordre. La femme du meunier, elle, ne crie jamais sur l'apprenti. Elle a une voix très douce qu'on entend à peine, qu'elle n'ose pas élever, d'ailleurs, devant son mari. Elle aussi subit la violence du maître, ses éclats, ses reproches, ses regards furieux.

Le bateau du soir va arriver. Le garçon prend congé de la meunière. Il rapporte une cruche de vin pour son père, qu'elle lui a donnée à l'insu de son mari, parce qu'elle trouve que le petit a bien travaillé et qu'elle le voit malheureux.

Le jeune homme se tient debout de façon un peu gauche devant sa patronne. Elle est encore jeune et il la trouve belle. Ils sont très proches l'un de l'autre et il y a dans sa position à elle une espèce de raideur, comme si elle était gênée, ou comme si elle avait peur. Mais de quoi ? Et lui, dans son attitude, il y a à la fois de la crainte et du désir. « Alors, madame, à demain », dit-il. « Au revoir, petit, répond-elle, à demain ! » Et voilà qu'ils se taisent, dans la tristesse muette de ne pas se voir jusqu'au lendemain. Et cela aussi est comme une complicité entre eux, une attente mystérieuse et grandissante, très douce.

Il va se passer quelque chose, quoi, ils ne le savent pas encore, mais c'est là, dans cette tendresse sans nom qui les lie et déjà les rend amants. Il ne s'agit pas de la fin d'une journée de travail ordinaire, elle le sait. Ce qui arrive en ce moment ombreux, cette heure dangereuse, elle n'en a plus tout à fait le contrôle.

Y aura-t-il un mot ? Un geste ? Aucun témoin de ce qu'il advient là, entre eux, d'étonnant. Personne pour les voir, sinon au loin, passant comme subrepticement sur la placette, derrière le petit pont, entre les arbres taillés au cordeau, une ombre hâtive.

Ce que la femme du meunier ressent presque douloureusement, c'est la présence du garçon, la force du désir qu'ils ont l'un de l'autre. Le bonheur que cela lui donne. Et, d'étonnante façon, l'innocence de cet amour naissant.

Mais le bateau arrive, qui va emmener l'apprenti, et elle, déjà on l'appelle de l'intérieur de la maison, de la cuisine où la lumière est allumée. On s'impatiente. La servante paraît sur le seuil. Que fait donc la patronne ? C'est l'heure de dîner. Son mari est fatigué, mécontent. Un enfant pleurniche.

C'est en ce moment, à cette minute saisie par le peintre, que les choses entre les futurs amants se décident. Dans l'exaspération de sentir leur désir si violemment empêché. Dans la certitude d'une infinie tendresse commune. Et l'espoir soudain joyeux de la révolte contre la violence qui leur est faite. La violence de ce grand bâtiment qui leur est prison. La violence de cette vie établie qui n'est pas la leur, et contre laquelle, timidement, ils s'insurgent.

Fantaisie sur
Le Moulin de Quimperlé,
Norman Garstin, peintre irlandais
de l'école d'Anvers, de passage en Bretagne, 1901

AVANT L'ORAGE

C'est une scène de bord de mer. Une grande plage aride, sable et dune rase mêlés sous un ciel d'orage menaçant, écrasant la mer de nuages sombres qui déjà barrent l'horizon. Il semble que l'alerte a été soudaine, on voit encore un peu de bleu dans le haut du ciel. Des pêcheurs ont été surpris et ont échoué précipitamment leurs deux bateaux sur une grève, voiles amenées. La mer est verte, phosphorescente mais étrangement calme, plate, unie. Et c'est comme si on entendait le silence annonciateur de l'orage. Comme si on était dans l'attente fébrile de son éclatement.

Le petit groupe de trois hommes et une femme qui viennent de débarquer se presse le long de la plage, en quête d'un abri. Les trois hommes marchent devant, lourdement chargés du produit de leur pêche interrompue et du matériel. Ils sont épuisés, et même s'ils tentent d'avancer aussi vite que possible, leur démarche est pesante dans le sable. La femme les suit à quelques mètres en arrière ; elle ne porte rien mais on voit à son corps un peu penché vers le sol qu'elle n'en peut plus.

Elle, elle est la femme de celui des trois hommes qui marche le dernier. Mais il ne l'attend pas. Il est seulement soucieux de rejoindre les deux autres, qui parlent entre eux à mi-voix.

Elle, on l'a laissée venir par faveur, parce que ça aurait coûté d'embaucher un autre gars. Quand c'est elle qui vient, les hommes partagent à trois au lieu de quatre. Elle ne compte pas. Ça les arrange tous et surtout son mari, infirme d'une main. En somme, elle rattrape son handicap. Mais on ne le dit pas tout haut. C'est un arrangement entre eux. Entre gens de mer ça se fait. Elle sait tout cela, bien sûr, mais il arrive quelquefois que, de cette injustice, elle ressente de la colère. En silence bien sûr. Quand, après une journée en mer, elle doit aller chercher son enfant chez la voisine et ensuite préparer le dîner.

Et aujourd'hui, quelle catastrophe ! Levée à six heures, elle a préparé le repas pour son homme, conduit le petit à la maison d'à côté où on le garde jusqu'au soir ; puis elle a rejoint son mari et les autres sur le port. Il n'était pas sept heures quand elle a embarqué. Ils sont allés loin aujourd'hui, il faisait beau, personne n'avait prévu ce qui allait arriver. Ils commençaient à bien travailler, ils avaient déjà du poisson dans les paniers, et ce n'était pas encore fini, la journée serait bonne, mais le ciel s'est tout à coup obscurci en même temps que la mer a pris des transparences inquiétantes, puis des fluorescences vertes. Rien ne bougeait ; le petit vent du matin était soudain tombé. Des lueurs jaunâtres par moments traversaient silencieusement le haut des nuages, tandis que leur base uniformément noire s'étalait en bande épaisse à l'horizon.

Oui, ça allait commencer, c'était l'orage et peut-être la tempête, ils l'ont tous compris en même temps, et ils ont mis le cap, les deux bateaux, vers la première côte possible, cette petite crique. Vite abattre les voiles, ramasser les rames, les filets et ce qu'on pouvait sauver de la pêche. Bien sûr la jeune femme aidait autant qu'elle pouvait, houspillée par son mari. « Surtout ne te fatigue pas trop ! », lui criait-il ironiquement. Et elle courait, remplissant un panier, roulant un filet, un peu empêtrée dans sa longue robe noire (jamais il n'aurait permis qu'elle soit en pantalon, comme elle l'avait timidement suggéré : « Non, mais tu n'y penses pas ! Chez nous ces choses-là ne se font pas ! », avait-il aussitôt répliqué). Les autres, eux, ne lui criaient jamais dessus ; ils ne se seraient pas permis : ce n'était pas leur femme ; et puis elle leur en imposait un peu avec sa jupe noire et son petit bonnet blanc bien ajusté. En revanche, on ne lui parlait pas. *Ça ne se fait pas*. Elle est une femme. Pas une collègue. Il y a bien celui qu'ils appellent « le vieux », le plus âgé de l'équipage, qui la regarde parfois sans rien dire, et elle sent bien que, dans ce regard, il y a de l'amitié et peut-être davantage.

Mais ce soir, vraiment, c'est trop dur. Avec la pauvre pêche rapportée, ils n'auront rien gagné. Et qui sait si demain le temps permettra de sortir ?

« Eh bien, tu te presses un peu ? Dans trois minutes ça descend ! », glapit son mari, un instant retourné vers elle, en lui désignant le ciel.

Il a dû s'arrêter un quart de seconde pour aboyer ça. Lui aussi, il doit être fatigué, pense sa femme, mais ça ne le rend pas meilleur, au contraire.

C'est qu'ils sont loin de la maison, loin même du premier village où s'abriter. Si l'orage éclate et qu'il se met à pleuvoir, ce sera un déluge. Ils seront trempés jusqu'aux os. Bien contents si, à défaut de pluie, la foudre ne se met pas de la partie.

Et quand bien même ils arriveraient sains et saufs… Cette arrivée, elle préfère ne pas y penser. Courir avant la pluie chercher l'enfant chez la voisine, rentrer dans la maison glacée, allumer le feu sous les invectives de son mari qui trouve toujours qu'elle s'y prend mal, qu'elle n'est décidément bonne à rien, même au lit, ajoute-t-il quand il n’y a pas de témoin. Préparer leur maigre dîner, qui sera comme toujours trouvé mauvais, *tout juste bon pour des cochons*, dirait-il. Ah ! Comme elle le connaît !

La jeune femme pense à l’orage avec indifférence et presque gratitude. Elle aime finalement cette colère rentrée des éléments, cette sourde rage qui va tout à l’heure exploser de façon magnifique, chanter la révolte de la nature comme elle ne sait pas crier la sienne.

Et, quand les première gouttes de pluie se mettent à tomber, lourdes, puissantes, magnifiques, elles ruissellent sur ses joues, autorisent les larmes, et c’est comme une libération.

Fantaisie sur
les *Pêcheurs fuyant l’orage,*
Charles Cottet, 1903

LE PROMENEUR NOCTURNE

Le tableau, une eau-forte de trente-cinq centimètres sur vingt-cinq, aux étranges coloris passés, représente une vieille rue de Quimper, la nuit, à la lumière insolite de la pleine lune.

On reconnaît au fond, se détachant sur le bleu singulier de cette nuit lunaire, les tours blanches de la cathédrale, qui surgissent derrière les toits d'ardoise pentus des maisons à encorbellements, de hauteurs inégales, pressées les unes contre les autres, qui bordent la rue déserte, avec leurs petites fenêtres et petites portes évoquant des vies rétrécies, retirées, mais que cette lumière nocturne rend fantastiques. Seul sur le trottoir de droite, un passant attardé avance, la tête baissée, les mains dans les poches.

Extraordinaire cette rue fantomatique, aux tons à la fois délavés – un rose gris pour les maisons et le trottoir de droite – et phosphorescents, comme électrisés par la lumière de la lune, contrastant avec l'obscurité inquiétante du trottoir et de la maison de gauche dont le toit se projette en ombre chinoise noire sur le trottoir et les maisons de droite brillamment éclairées.

Quelle heure est-il ? Quelques étoiles d'or dans cette nuit d'été, mais les volets ne sont pas fermés. Y a-t-il eu une fête ? Pourtant personne dans cette rue un peu éloignée du centre, personne sinon ce passant solitaire.

Le peintre, un artiste tchèque de passage en Bretagne, paraît-il, aurait pu se contenter de peindre cette rue vide, de rendre l'étrangeté de son éclairage. Mais l'effet n'aurait pas été le même. La présence du personnage, apparemment secondaire, introduit incontestablement un élément dramatique : un mystère, une inquiétude. Qu'ajoute donc, à l'image de cette rue bretonne fantasmée par la lune, ce personnage à la silhouette commune, vêtu de façon banale, en ouvrier peut-être ? Bientôt nous ne voyons plus que lui, ce solitaire qui avance, un peu voûté, mais vigoureux, la casquette rabattue sur le visage, les mains dans les poches, rasant la muraille. À la fois banal et intrigant.

Il marche tête baissée, le regard dirigé vers le sol, comme absorbé dans ses pensées, et l'ombre courte de son profil à casquette se projette à côté de lui, dérisoire, accompagnant sa solitude, la soulignant.

Il est habillé pauvrement, indifférent semble-t-il à son apparence : une veste et un pantalon de toile rude, sans doute bleu sombre, comme la casquette sous laquelle il semble s'abriter, de même que, les mains dans les poches et le dos rond, il habite sa vareuse comme une coquille protectrice. Il est chaussé de sabots. Et l'on croit entendre dans la rue déserte le choc des sabots de bois sur les pavés. Il porte sans doute ses vêtements de travail.

Un ouvrier ? Un paysan ? Un marin, plutôt, venu passer la soirée à Quimper ? Il a le pas chaloupé des gens de mer. Tout seul, sans famille ni amis ? Sans femme ni copain ? Il se dégage de la solitude de cet homme, de sa démarche, de sa façon de porter son corps, de s'y réfugier, une grande impression de tristesse.

La lumière de la lune le suit, le traque comme un projecteur ; c'est peut-être d'elle qu'il cherche à se cacher. Ou du souvenir du café où il a passé la soirée, à l'entrée de la ville, à Locmaria, avec ses trois coéquipiers. Bien sûr qu'il a trop bu de lambic. Les autres le poussaient à s'en verser un verre, et puis un autre, et encore un autre. Mais il n'était pas ivre, ça non. Il ne se le serait pas permis, ce n'est pas son genre.

Gaël était là avec deux jolies filles. Jo avait amené sa femme, et Sylvain la sienne. C'est qu'on rembarque dans deux jours. On arrosait ça. Lui, il espérait que la petite Gwen le rejoigne. Mais non. Elle n'a pas daigné paraître. De toute façon, ils s'étaient dit tout ce qu'il y avait à dire, le matin même, après leur dernière nuit. Non, elle ne l'épouserait pas, c'était bien décidé. Et, comme il insistait, elle lui avait répété qu'il n'y avait pas à y revenir ; pour elle, c'était tout réfléchi, et elle avait eu un rire bizarre.

Sa voix, la cruauté de sa voix, quand, en partant, elle lui avait jeté : « Bonne chance ! », mi-sérieuse, mi-ironique, comme ça, sur le seuil de la porte, avec cette petite lumière dans les yeux. « Bonne chance, le vieux ! », avait-elle ajouté. *Le vieux*, c'est le nom qu'ils lui donnent à bord, les autres. Parce qu'il est un peu plus âgé qu'eux – il a déjà quarante ans –, mais aussi parce qu'il est plus réservé, plus sérieux. On lui reproche de ne pas savoir rire ni s'amuser, comme ils disent.

La jolie Gwen sait très bien s'amuser, elle. Il en était tombé amoureux dès qu'il l'avait rencontrée, au dernier fest-noz, deux mois plus tôt. Mais, avec lui, elle s'ennuie très vite. Son visage, alors, se ferme et elle perd tout son éclat. Elle le sait et elle déteste ça, devient presque laide.

Il a bien fallu qu'il le comprenne, qu'elle n'a rien à faire avec lui. D'ailleurs, ce matin, elle le lui a dit clairement. Avec d'autres choses pas agréables à entendre.

Pourtant, à Locmaria, toute la soirée il a espéré qu'elle viendrait, qu'elle viendrait quand même. Il regardait à la vitre du café la nuit bleue qui tombait. Et puis, vers minuit, il a pris sa résolution et il est parti. Il n'a pas salué les autres, Jo, Sylvain et les femmes, qui semblaient tous déjà bien pris. Personne ne s'est rendu compte qu'il s'en allait quand il a traversé la foule enfumée des buveurs pour sortir.

C'était bon, dehors, de retrouver le silence et la fraîcheur de cette nuit claire. C'était bon de marcher. De faire le point dans sa tête. Ce soir, il ne va pas regagner la petite chambre qu'il loue à Quimper quand il ne navigue pas. Il a trop peur de retrouver le lit dévasté et le souvenir de la présence de Gwen. Son parfum. Non, ce soir, il va aller dormir chez sa mère, dans la maisonnette où il y a toujours une chambre pour lui, le vieux garçon. Au moins, elle, elle ne lui posera pas de questions. C'est sa mère. Elle comprend.

Il rentre les épaules, tout replié sur son chagrin. Mais il est fort, il le sait. Tout ça passera. Et il marche plus vite.

Un jour, peut-être, il pensera à cette nuit bleue. À son étrange beauté. Il ne saura jamais qu'un jeune peintre, ce soir-là, l'a aperçu. A remarqué la tristesse de sa silhouette, de sa démarche dans la rue illunée. Il ignorera qu'un jour, plus tard, dans un musée, des inconnus verraient ce tableau et en seraient émus : car son histoire était là, criante de vérité, celle d'un homme triste sous un ciel de fête, à la lumière miraculeuse de la lune.

Fantaisie sur
la *Promenade nocturne dans le village,*
Tavík František Šimon, 1920

LA FEMME DE LA PLAGE

C'est une plage d'été en plein soleil, sans doute aux environs de midi. Une longue plage du Nord. Le ciel est intensément bleu, mais pas de ce bleu criard des plages du Sud, un bleu très doux teinté de vert, un bleu quasi Nattier. La mer qu'on aperçoit au fond, sur la gauche, à l'horizon, n'est plus qu'un trait d'un bleu plus soutenu : la marée est basse. Le sable, une splendeur dorée, profonde, riche, occupe, comme le ciel, la moitié de la toile. On s'envole, on est vraiment au bord de la mer, dans cette liberté, cette ouverture de l'air, cette folie sensuelle de l'été et de la mer. Sur la droite, là où s'esquisse le bas d'une dune plantée d'herbes folles, on voit, appuyé au contrefort sableux, un cabanon de vacances, auquel on accède par quelques marches de bois, bordées d'une rampe, et deux cabines de bains. Au centre du tableau, laissée au sec sur le sable, une barque vide, peinte en bleu, d'un beau bleu vieilli, profond. Au loin, sur la gauche, on aperçoit, à peine esquissées, de petites silhouettes de baigneurs, d'estivants, cette nouvelle population bourgeoise des bords de mer convertis en stations balnéaires.

Mais au premier plan de ce paysage, qui pourrait se suffire à lui-même, à droite de la barque échouée, une femme, insolite ici en tenue de ville, même modeste, avance vers nous s'abritant du soleil sous une ombrelle sombre qu'elle tient très proche de sa tête, soit qu'elle craigne le soleil, soit qu'elle cherche à dissimuler son visage. Elle est vêtue d'une lourde robe bleue, assez ordinaire, comme on en portait en province à la toute fin du XIXe siècle, longue, à manches longues, et elle porte un chapeau de paille plus ou moins agrémenté d'un ruban. On voit qu'elle souffre de la chaleur, qu'elle n'a pas l'habitude de ces promenades sur la plage. Elle semble marcher avec une certaine difficulté sur le sable sec avec ses chaussures de ville et pourtant elle essaie de se presser. Ce n'est pas une élégante, ni une femme très jeune. Sa robe est sensiblement du même bleu que la barque, et la plénitude de sa silhouette n'est pas sans rappeler les courbes harmonieuses du bateau.

Que fait-elle là, cette femme ? sur cette plage, ainsi habillée, à cette heure si chaude où les vacanciers préfèrent aller déjeuner ? On aimerait la connaître, savoir son histoire.

Madame Rose, c'est son nom. On l'appelle comme ça à son travail et ailleurs. Elle est couturière et travaille pour une boutique de mode de la petite ville, qu'elle traverse d'habitude à cette heure-ci pour rentrer déjeuner chez elle, en suivant un itinéraire bien déterminé : la rue commerçante d'abord, puis le canal, et, enfin, l'impasse où elle habite seule depuis la mort de sa mère. Mais aujourd'hui, justement, elle n'a pas emprunté ce chemin. Elle n'est pas allée déjeuner chez elle : elle avait un « extra ». Un rendez-vous un peu spécial, monnayé, avec le mari d'une de ses pratiques. Précisément dans ce cabanon de vacances à rambarde de bois, qu'on voit à droite du tableau.

C'est de là qu'elle arrive, la chose expédiée, elle vient de descendre le petit escalier, après s'être rhabillée à la hâte.

« À tout à l'heure, Rose, lui avait crié la patronne, comme à midi elle quittait le magasin. Soyez à l'heure, à deux heures, il y a l'essayage de madame de Boer ! » Elle avait couru pour arriver au cabanon. On ne sait jamais combien de temps ça pouvait durer cette affaire. Et pour revenir il lui faudrait bien un quart d'heure.

La plage, il y a bien longtemps qu'elle n'y était pas venue. Les « extras », d'habitude, ça se passait ailleurs, en dehors de la ville. Et la plage, pour elle, c'était fini ; c'était bon pour quand elle était jeune, et surtout quand elle était enfant, quand il n'y avait pas tous ces touristes. Mais était-ce la même plage ? Aujourd'hui elle ne reconnaissait rien. Pourtant, comme elle se la rappelait, la plage d'autrefois ! Cette longue plage déserte. Alors, même sa mère l'accompagnait, elle quittait ses chaussures et allait patauger dans l'eau, en relevant tout juste un peu sa jupe noire, avec une ou deux amies et les enfants du quartier, ces petits sauvages. Et elle, Rose, avait été l'un d'eux, toute hâlée, les cheveux en désordre, habillée à la diable. À présent, le monde avait changé : la grève n'était plus aux gens des villages, mais à ces bourgeois venus de Paris ou des grandes villes et qui, dès les beaux jours, occupaient la place.

Tout s'était transformé dans leur pays du Nord, dans cette petite ville devenue peu à peu plage à la mode. Rose, un temps, avait travaillé aux filatures. Puis elle avait repris le métier de couturière de sa mère, mais trop peu douée, elle n'avait pu se mettre à son compte. On l'avait prise dans la boutique de la rue Neuve qui employait des jeunes. Au début ça l'avait amusée, dans cette boutique presque élégante, de côtoyer des gens chics et de s'habiller presque comme une dame. Même si on commençait, depuis quelque temps, à lui faire des remarques désobligeantes sur son embonpoint ou le peu d'allure de son chapeau. Les autres employées, à la boutique, avaient plus de classe, lui disait-on. Les « extras », ça avait commencé avec la peur de perdre sa place. Et les messieurs de la ville, eux, pour le moment, aimaient ses rondeurs.

Vite, Rose se dépêche, trébuche un peu dans le sable avec ses chaussures incommodes. Elle se sent déplacée avec sa pauvre tenue de ville, son chapeau démodé, sa vieille ombrelle. Cette ombrelle qu'elle tient serrée contre elle. Gauche. Gênée. Regardant à droite et à gauche. Qu'on n'aille pas, en plus, la reconnaître.

Heureusement, à cette heure il n'y a presque plus personne sur la plage. Des jeunes filles de la bonne société en robes courtes, des jeunes gens en pantalons blancs… Une dame en blanc, à demi allongée sur un transat, rappelle des enfants en maillots : « Cédric, Axel, c'est l'heure d'aller déjeuner ! »

Et elle, Rose, qui va, furtive, honteuse, dans sa tenue inadéquate, sa démarche maladroite. Quelle idée elle a eue d'accepter ce rendez-vous, pour ce que ça lui a rapporté !

En passant devant la vieille barque bleue échouée là sur le sable – oui, elle lui ressemble, cette large barque ! –, elle a une pensée de tendresse pour le monde d'avant, celui du temps où elle courait librement sur le sable. Et au même moment lui vient pour la première fois le sentiment, poignant, de son âge et du caractère inéluctable de la vieillesse et de la mort.

Pourtant la mer était toujours là, et le ciel, et leur couleur exquise, et l'or ancien du sable. Alors pourquoi, pourquoi ? se demande Rose, cette femme plus très jeune en se hâtant comme elle peut vers la boutique de modes où l'attend le regard suspicieux de sa patronne.

Fantaisie sur
La Plage de Heyst,
Félicien Rops, 1886

FENÊTRE SUR COUR

C'est une cour de vieil immeuble, du XIXe siècle ou peut-être de la fin du XVIIIe, vue en plongée, depuis le troisième ou peut-être quatrième étage : on ne sait pas, la vue ne va pas jusqu'au fond de la cour et n'atteint pas non plus le haut de l'immeuble, mais seulement une partie de ce troisième ou quatrième étage qu'on devine plus long. En fait on ne voit que les fenêtres de cet étage-là, qui tourne à angle droit, si bien que certaines sont de face et les autres, à droite, en perspective. On voit aussi les fenêtres de l'étage inférieur, mais elles se trouvent dans l'ombre, la lumière dans cette cour étroite, ce boyau, ne parvient pas jusque-là. Le peintre semble avoir été fasciné par cette étroitesse, le sentiment d'enfermement que procure ce coin de cour, l'angle formé par le mur que nous voyons de face et le mur latéral. Fasciné aussi par le jeu des multiples fenêtres, épousant les murs jusque dans l'angle, et complexes, composées chacune de quatre parties, une haute une basse, et un pan droit et un pan gauche. Et chaque vitre comprenant elle-même six carreaux.

L'effet est étrange de tous ces vitrages, dans un lieu où le soleil ne parvient que parcimonieusement, en cet instant juste à la hauteur de l'une des fenêtres, dont un seul panneau est ouvert. Si étroit lui-même qu'il permet à peine à une jeune femme d'y encadrer le haut de son corps.

Or dans la nature morte qu'aurait pu constituer à elle seule l'image de cette cour – représentée à diverses reprises sans aucune présence humaine –, surgit ici ce personnage, ou plutôt cette idée de personnage, puisque, de la femme apparue, on ne voit que le visage de trois-quarts, sous une coiffe blanche, une épaule et le bras gauche appuyé au rebord de la fenêtre. Et cette apparition accidentelle change tout. De gratuit, secondaire, ce petit personnage devient figure essentielle. Mystérieuse.

Le visage aperçu de trois quarts est celui d'une femme encore jeune mais déjà vieillissante, penchée pour accompagner le regard de curiosité qu'elle dirige vers le fond de la cour. Elle est modestement vêtue mais avec une rigueur presque élégante : une blouse sombre à col ras qu'égaie heureusement la coiffe blanche et le petit ruché de dentelle blanche que laisse voir le bas de la manche.

C'est une servante, on le voit à la simplicité de sa mise mais aussi à la coiffe blanche qui couvre ses cheveux blonds, au discret ruban noir qui les attache au-dessus du front. Et il y a dans sa pose, ainsi accotée au rebord de l'étroite fenêtre, un mélange singulier de pudeur, presque de pruderie, et d'insolente audace.

Qui peut-elle être ? Vraisemblablement une domestique qui a interrompu sa tâche pour jeter un coup d'œil à ce qui se passe dans la cour. A-t-elle entendu un bruit ? Peut-être guette-t-elle l'arrivée d'un fournisseur ? Peut-être la venue plus ou moins licite d'un galant ? Ou peut-être essaie-t-elle simplement de tromper l'ennui en surveillant les allées et venues d'une autre servante, passée discrètement par la porte de service. Quoi d'autre ?

De la vie de cette femme nous ne connaissons rien. Cette cour intérieure ne nous dit pas grand-chose de ses maîtres ; sinon qu'ils appartiennent à la moyenne et honnête bourgeoisie, et qu'ils sont soucieux de la mise de leur servante : il convient qu'elle soit sage, conforme aux bonnes mœurs d'un foyer protestant.

On voudrait voir ce qu'il y a dans cette pièce, derrière la vitre ; sans doute cette fenêtre est-elle celle de la cuisine ou de l'office. Mais on ne voit rien de l'arrière-fond que du noir, de l'obscur : seul le visage de la servante est éclairé, touché par la lumière du soleil. Comme si justement le peintre, dirigeant sur elle le projecteur, voulait nous intriguer.

Avec quelle attention la femme – son âge exactement, c'est difficile à dire, tant on voit peu du demi profil et du buste apparus à la fenêtre – scrute-t-elle ce qui se passe dans la cour, ses petites mains machinalement jointes dans un geste enfantin devant elle sur l'appui de la fenêtre ! Elle a aux lèvres un demi-sourire un peu triste qui révèle quelque pensée secrète. Un intérêt qui nous interroge. Oui, il fallait absolument qu'elle vienne voir qui passait dans la cour. Et vite elle s'est glissée à la fenêtre, insoucieuse du travail interrompu. « Elke ! avait crié la cuisinière où es-tu encore partie ? Ces filles de la campagne, décidément on ne peut rien en faire ! Elke, je vais parler à Madame si ça continue ! Elke ? »

Mais la servante n'écoute pas la voix grondeuse. Elle est trop occupée à regarder qui traverse la cour en bas. Si, c'est bien le maître, comme elle le supposait, comme elle en était sûre (elle connaît bien son pas), qui était sorti par la porte de service. La minute d'avant, il était dans son atelier. Il peignait comme toujours cette enfilade de portes ouvertes sur un couloir. Cette obsession chez lui des portes et des fenêtres entrouvertes, des rayons de soleil échappés dans des pièces sombres, comme si, sans cette bouffée d'air ou de lumière, il risquait d'étouffer. Cette angoisse en lui, on dirait, de l'enfermement. Cette vision omniprésente de la rigidité du décor, de la pesanteur du mobilier. De l'immobilité des femmes. Ces femmes en noir au visage blanc ou vide. Qui font un peu peur. Mais dont on subit l'autorité. Elke sait tout. Elle comprend sans le secours des mots ce qui se passe dans la tête du maître, et peut-être dans son cœur.

Le maître. Sa voix. Sa force. « Elke, ma petite, tu veux bien te tenir debout une minute devant cette fenêtre ? Non, pas comme ça, tourne-moi le dos… Très bien. Ne bouge plus… » Et dans le silence, quelques instants, il dessinait… Et comme elle aimait ce moment. C'était, ce glissement du fusain sur le papier, presque une caresse qu'il lui aurait faite à elle, en dessinant son corps. « Parfait, mon petit… Tu peux t'en aller. Je te remercie. » Il est bien le seul à l'appeler « ma petite », « mon petit », comme s'il apercevait ce qu'il reste de jeunesse en elle. Une fois, après une de ces rapides séances de pose, il lui avait donné un florin. Elle l'a gardé. Pas pour s'acheter en cachette un ruban, une dentelle. Non, simplement pour avoir auprès d'elle, dans sa poche, dans sa main, quelque chose de lui.

Elle n'aime pas la femme du peintre, droite dans sa robe de velours noir. Elle n'aime pas la voix ni le regard froids de cette dame qui parle toujours de la renvoyer dans sa ferme du Seeland, *parmi les veaux et les cochons*, si elle ne travaille pas à son idée. De la remettre à ses rudes parents, bien encombrés d'une fille déjà avancée en âge et peu mariable. Le maître, lui, n'a jamais de mots durs à l'égard de la servante. Mais, au contraire, dans le regard silencieux et plein de lumière qu'il porte sur elle, elle entend la tendresse.

Mais où est-il parti à présent, le maître, par ce matin ensoleillé, loin de la maison ombreuse, loin de la cour obscure qui ressemble à un puits ? Loin du puritanisme de son épouse ? Loin de sa dureté. Elke sourit, complice.

Fantaisie sur
la *Cour, Strangade 30,*
Vilhelm Hammershøi, 1905

LES AMANTS SÉPARÉS

On les distingue à peine tant ils sont petits, au fond de cette majestueuse allée bordée d'immenses cyprès. Sont-ils vraiment là, si infimes dans ce décor qui les écrase ? Et pourquoi le dessinateur a-t-il voulu leur donner cette vie, pour minuscule qu'elle soit ? Entendait-il, de ces silhouettes tout juste identifiables, faire des créatures humaines, des personnages ?

C'est un lavis datant d'un voyage du peintre à la Villa d'Este, impressionnant par le caractère presque fantastique qu'il donne à ces grands arbres, frissonnants d'une étrange vie intérieure, et la verticalité impérieuse d'une composition tout en hauteur de part et d'autre d'une allée au fond de laquelle on aperçoit, esquissé, le pâle fantôme de la Villa d'Este. Le sujet, c'est la force, la puissance presque inquiétante de ces arbres, de cette nature, de sa souveraineté. Dans le lointain, de chaque côté de l'allée écrasée de soleil, et comme ouvrant le passage vers la villa, deux statues de pierre se répondent, vagues antiquités dont le détail échappe. Et, au pied de celle de gauche, comme réfugiés dans son ombre, deux très petits personnages humains, une femme et un homme dont on ne sait rien, sinon qu'elle est assise sur un banc, comme légèrement penchée, affaissée sur elle-même ; tandis que lui, debout en face d'elle, semble parlementer. Il y a une opposition entre le calme résigné de l'une, la faconde et l'énergie de l'autre.

Mais, en dépit de la différence de leurs attitudes, ils sont réunis sous le regard du peintre et le nôtre par l'extrême modestie de leur place sur la toile, leur petitesse par rapport à l'immensité qui les entoure, la force jaillissante de cette nature, la majesté aussi de l'Antiquité représentée par les deux statues et l'aperçu incertain et grandiose de la célèbre villa. Par le fait également qu'ils sont dans l'ombre alors que tout le reste est comme irradié de lumière.

Qu'est-ce qu'ils font là, ces deux moucherons, ce couple dérisoire, dont nous ne percevons qu'un simulacre d'existence au milieu d'un écrasant, d'un énorme silence ? Quelle heure est-il pour eux sous ce plein soleil et à quel moment de leur histoire personnelle se trouvent-ils ?

Elle, c'est une femme plus toute jeune, dessinatrice. Elle est française, comme son compagnon, artiste lui aussi. Tous les deux désargentés ; surtout lui. Pourtant ils avaient décidé de passer une semaine à Rome, espérant donner un élan nouveau à une liaison qui s'épuisait ; et puis c'était peut-être l'occasion, pour lui, de rencontrer du monde, des gens du milieu artistique qui l'aideraient à sortir du néant où il se trouvait. Un peu une aventure, ce voyage, peut-être leur dernière chance ? Toujours est-il qu'ils l'ont saisie : en fait c'est elle qui a pris la décision, et lui, comme toujours, a suivi.

Et puis les choses se sont mal passées. L'hôtel médiocre où ils ont échoué était si bruyant, la chambre si laide. Leur errance dans la ville, la veille, sans pouvoir rencontrer personne de ceux qu'ils avaient pressentis, qu'elle avait pressentis pour lui, avait été si décevante. Et si amer le souvenir, et pour lui et pour elle, d'autres séjours à Rome, qu'ils avaient faits chacun par le passé, auréolés de leur jeunesse, de leur beauté, de la grâce aussi de hasards, de rencontres, de chance.

Mais aujourd'hui, c'est comme si tout réellement se délitait.

Elle est visiblement fatiguée. Ils viennent de visiter la Villa d'Este – ce lieu habité de rêves –, d'y piétiner en vain. Et redescendre ensuite le monumental escalier sous le plein soleil de midi a achevé de l'épuiser. C'est pour cela qu'elle s'est abattue sur un banc, au seul endroit moins torride qu'elle ait trouvé à cette heure écrasée de lumière, dans l'ombre étroite projetée par les deux hautes statues de pierre. Mais, plus que la fatigue physique, ce qui lui ôte son énergie et l'envie de poursuivre la promenade, c'est un sentiment nouveau. Un soupçon. Une certitude qui la détruit. Son compagnon, au contraire, a l'air plein d'allant, comme si cette visite avait réveillé en lui une vitalité oubliée. Debout devant elle, il discourt. Est-ce qu'il ne voit pas que cette excessive santé est pour elle comme un reproche ? Mais justement il semble que ce soient des griefs qu'il est en train de lui exprimer, joignant le geste à des paroles qu'elle n'a ni la force ni l'envie d'écouter. Qu'est-ce qu'il lui arrive, à cet indolent notoire ? Tout à coup une révolte chez ce garçon passif ?

Elle n'en est pas même curieuse, juste fatiguée, ennuyée. Oui, il s'est passé quelque chose qu'elle n'avait pas prévu, et qu'elle découvre, elle qui croyait tout savoir de cet homme, quelque chose qui a éclaté en lui comme un séisme longtemps souterrain. Une étonnante fureur contre lui-même, ce raté, et contre elle bien sûr. Ce qu'il fait là et ce qu'ils font là ensemble, et à Rome de surcroît, et à la Villa d'Este, quelle absurdité ! Lui aussi est fatigué, mais d'une autre fatigue que celle de sa compagne, la fatigue de l'esprit et plus encore celle du cœur, celle des sens, et c'est ce qu'il a cruellement besoin de lui signifier sans plus attendre, dans l'instant, au milieu de ce bel été, trop éclatant pour qu'on taise plus longtemps la vérité. Et il parle, impitoyablement, dans l'odeur âpre et prenante des cyprès, une odeur dont longtemps elle se souviendra comme d'une odeur funèbre, celle de sa jeunesse qui s'en allait.

Non, il ne l'aime plus, il faut enfin qu'elle admette que les choses ont changé ; qu'il a besoin de vivre ailleurs, mieux, plus fort. De se réaliser. D'épanouir enfin son talent. Avec une femme plus jeune. Et ces mots si durs, elle les entend. Mais, pense-t-elle, quelle importance ? Elle est tellement fatiguée. C'est fini, et il est bien que ce soit fini. Il n'y aura plus jamais pour ces amants-là de voyage en Italie, de promenade à Tivoli, de visite de la Villa d'Este. Non, plus de Villa d'Este, jamais. Ni rien d'autre.

Elle ne dit rien, il n'y a plus rien à dire. La tête baissée, elle écoute sans plus les entendre les paroles inutiles et verbeuses de l'homme qui lui apprend qu'il la quitte. On dirait même qu'absurdement elle sourit.

Le peintre a dû regarder avec un amusement cruel le minuscule drame de ces petits personnages aperçus, vivement croqués, environnés de tant de force sauvage. Et devant leur peu d'importance et la beauté implacable de la vie qui les entoure, qui les écrase, son impitoyable élan, son éternel mouvement, il a été saisi d'une joie secrète, d'un bonheur fou. Ah ! Quel dessin il allait faire !

Fantaisie sur
Les Grands Cyprès de la Villa d'Este,
sanguine sur une légère préparation à la pierre noire,
Jean-Honoré Fragonard, 1765

CHEZ MIMI PINSON

C'est une sombre soirée d'hiver sur Montmartre désert. Nous sommes en haut de la rue du Mont-Cenis. On voit à droite, envahie d'ombre, et comme inhabitée, la maison de la légendaire Mimi Pinson, une masure surmontée de fenêtres mansardées.

Il a beaucoup neigé, la chaussée, les trottoirs et les toits sont encore couverts de neige, et le ciel est d'un noir jaunâtre, lourd de menaces. Aucune gaîté dans cette image de Montmartre, qui exprime au contraire la solitude, la tristesse et une sorte d'anxiété.

On dirait qu'on attend, mais quoi ? Il y a un élément dramatique dans le contraste du blanc glacé de la neige et de l'obscurité houleuse de ce ciel déjà nocturne. Au premier plan se dresse un réverbère noir dont la mince silhouette et la cloche de verre éteinte n'ont rien de tutélaire.

Et, seule présence humaine devant ladite maison de Mimi Pinson, ces deux petites silhouettes sombres, debout, immobiles, comme hésitantes, un homme et une femme.

L'homme, plutôt élégant dans sa redingote noire, sous son chapeau haut de forme, pourrait être un bourgeois en promenade. Mais il n'en a pas l'aisance. Non plus que la femme qu'il accompagne, qu'on devine frissonnante dans son long manteau, chapeautée comme on pouvait l'être dans la bonne société avant la première guerre mondiale ; chez elle non plus aucune superbe ; mais quelque chose de retenu, de gêné, de quasi honteux. D'apeuré.

Personne en vue alentour, dans cette lumière crépusculaire qui n'est déjà plus celle de l'après-midi et pas encore tout à fait celle de la nuit, et dans l'attente peut-être d'une nouvelle chute de neige. Aux fenêtres de cette rue qui descend vers Paris, nulle lumière, et, sur le terre-plein où nous nous trouvons, même les volets des immeubles blafards qui s'élèvent sur la gauche sont fermés.

Que fait là ce couple des beaux quartiers, ce monsieur et cette dame distingués ? Elle, peut-être un peu plus âgée que lui, et digne, réservée, dans sa mise élégante comme dans son attitude, singulière avec son air hésitant et craintif. Lui, ce pourrait-être un écrivain, un artiste, sans doute peu fortuné. L'argent lui donnerait plus d'assurance. Et il y a entre eux, malgré l'évidente familiarité qui les lie, une distance, un reproche muet.

« On m'avait pourtant assuré, murmure la femme, que c'était là, au 31. Mais tout est noir… Il semble qu'il n'y ait personne…

– Ce n'est peut-être pas le 31, le chiffre est à demi effacé, observe son compagnon. Et puis on n'y voit rien, dans cette pénombre ! Le 31, c'est peut-être la maison d'en face ?

– Mais non… D'ailleurs on m'a dit que c'était l'ancienne maison de Mimi Pinson… Que je trouverais facilement… Une maison basse, surmontée de chiens assis ! Pas de doute : c'est bien celle-ci !

– La maison de Mimi Pinson, tu dis ? Quelle drôle d'idée, cette femme, avec son métier rien moins que poétique de s'être installée là ! Dans la maison de la grisette célébrée par Musset !, ose dire le jeune homme.

– Tais-toi ! Comment peux-tu ? Tu m'ôtes tout courage, et ce n'est pas le moment ! Allons, frappe. »

Il frappe à la porte de bois. Bruit sourd dans le silence. Sans aucun résultat. Que de rendre la solitude du lieu plus grande encore. Désemparés, les jeunes gens se reculent imperceptiblement. Se retournent, interrogent du regard la façade d'en face, aveugle et muette. Sur le mur, aucun numéro.

« Tu vois… Ce n'est pas là ! Si on s'en allait ?, suggère l'homme. Ce silence, c'est un signe qu'il ne faut pas insister…

– Tu crois ?, fait la femme comme une petite fille. Mais elle se ressaisit : Non, tu sais bien qu'il le faut ! Quoi d'autre ? »

Ils se taisent.

« Regarde, dit-elle soudain à son compagnon, nous ne sommes plus seuls : attention, là-bas il y a quelqu'un maintenant ! »

En effet on voit apparaître au loin, en haut des marches qui descendent vers la ville, la silhouette incertaine d'un passant attardé.

« On dirait qu'il vient vers nous, souffle la femme. Frappe donc plus fort avant que cet homme n'arrive ! »

Il frappe plus fort. Mais chez Mimi Pinson rien ne bouge.

« Vois donc, ce type nous regarde… Que faire ? Je suis si fatiguée, soupire-t-elle, si fatiguée. Toutes ces marches pour venir jusqu'ici. Et maintenant cette angoisse… »

Il lui prend doucement le bras sans mot dire. Elle semble ne pas réagir. Et puis :

« Regarde, comme le bas de la rue paraît loin… Comme si nous étions au bout du monde… Hors du monde… Et ce ciel, as-tu jamais vu un ciel si sombre, si étrange ? Cette lueur jaune, là, tu vois ? C'était le soleil. Quelle heure est-il donc ? »

Il consulte avec difficulté sa montre à la lumière du jour déclinant.

« Presque sept heures. Calme-toi. Tout ira bien. Nous allons la trouver, cette femme : elle t'attend, elle va sûrement se montrer….

– J'ai tellement peur ! Quelle folie tout cela ! Tu sais quel nom on leur donne, à ces créatures ? des "faiseuses d'anges" ! Quelle horreur ! Oui, c'est vrai, tu as raison, on est loin de Mimi Pinson et de Musset…

– Tu veux qu'on reparte ? On peut encore… On s'arrangera. Je travaillerai. »

Elle le regarde. Hausse les épaules.

« Mon mari me tuerait. Frappe encore une dernière fois ! »

Il tambourine.

À la maison d'en face, un volet s'ouvre ; une tête se montre. Disparaît. Le volet se referme. Mais, chez Mimi Pinson, c'est toujours le silence.

Les deux amants se taisent, ne bougent plus. Effrayés comme des enfants.

« Et si je mourais… dit très bas la femme. Imagine…

– Ne dis pas de sottises, chuchote le jeune homme, effaré.

– Si, persiste-t-elle, je sens qu'il y aura un accident… De cette bonne femme, de ses pratiques, on ne sait rien. Rien, que ce qu'en rapporte l'amie de ma bonne… J'ai peur… J'ai tellement peur ! Tu n'as pas trouvé que le cocher qui nous a conduits au bas de la rue, avant la montée des marches, avait l'air bizarre, avec au visage quelque chose d'anormal… d'irréel ?

– Tu es folle ! Calme-toi ! »

La silhouette de l'inconnu qu'on apercevait de loin se précise : c'est un vieil homme mal vêtu. Il se rapproche, intrigué, curieux semble-t-il de voir de plus près ce couple étrange, debout devant la maison obscure.

« Écoute, je ne sais pas, je ne sais plus… Allons-nous-en, implore la femme d'une toute petite voix. Tu avais raison, il ne faut pas, il ne faut pas… »

Mais au moment où le passant va arriver à la hauteur de la maison, la porte s'ouvre sur une pièce soudain éclairée. Une main se tend.

« Allons, dépêchons, ma petite, fait une voix rude.

– Courage, murmure le jeune homme, en poussant légèrement son amie à l'intérieur. À bientôt. Je serai là, dans une heure, comme convenu… »

La porte se referme sur les deux femmes.

La rue, éclairée un instant par la porte entrouverte, est de nouveau obscure. Le passant inconnu, déçu, s'est déjà éloigné.

Fantaisie sur
La Maison de Mimi Pinson sous la neige à Montmartre,
Maurice Utrillo, vers 1913

COMME DU BONHEUR

C'est une fin d'après-midi d'automne, à ce moment où la lumière rasante se fait particulièrement douce et chaude. Le tableau représente le charme tranquille d'un petit port fluvial dont le quai est aménagé en promenade, à l'ombre de grands arbres dont le feuillage, prenant la forme d'une voûte de verdure, occupe le haut du tableau. Entre leurs troncs, distants de deux mètres en deux mètres, on aperçoit, de l'autre côté de l'eau, les maisons du village dans un fondu de tons beige, rose et gris. Passe, lentement, sur l'eau, une voile d'un blanc cassé très doux, presque gris. C'est un paysage tout en harmonie de couleurs tendres et chaleureuses qui pourrait se suffire à lui-même.

Mais ce qui fait réellement vivre ce tableau, et permet au spectateur de presque participer à ce moment de quiétude, ce sont les petits personnages, si discrets, presque invisibles, qui en goûtent la douceur. En effet, derrière chacun des grands arbres, il y a quelqu'un, à demi ou presque entièrement dissimulé par le tronc, homme, femme ou enfant, debout ou assis, qui contemple, immobile, le spectacle de l'eau, du bateau qui passe, des tranquilles maisons roses ; quelqu'un qui savoure, à l'ombre, la beauté étonnante de cet instant.

C'est l'automne, le feuillage des arbres et l'herbe du sol le disent ; mais ce n'est pas la fin de l'été, pas la fin de la journée, pas la fin de quelque chose, c'est au contraire la plénitude de ce qui est encore la vie, et chacun de ces petits sujets semble le ressentir comme un moment de grâce, d'exaucement, d'acquiescement secret à l'existence. Tout est bien, dirait-on, en cet instant, tout est apaisé en soi et autour de soi. On ne sait pas si cela durera, mais c'est beau, peut-être justement parce qu'éphémère et venu comme par surprise. Comme si, en ce court moment de grâce, les êtres parvenaient en quelque sorte à la réalisation d'eux-mêmes. À cet état qu'on appelle le bonheur.

On dirait qu'ils se sont donné rendez-vous, ces gens qui, peut-être, ne se connaissent pas mais se trouvent réunis, si différents qu'ils soient les uns et les autres, dans la même appréciation de l'instant. Ils ne l'ont pas prémédité, ce moment, mais quelle paix, quelle harmonie ils viennent de trouver ensemble et séparés !

On distingue un homme seul, assis là-bas, au pied du dernier arbre, un peu penché en avant sous son chapeau. Pourquoi est-il venu là ? Il avait du chagrin. Il regardait l'eau en ruminant sa peine : la femme qu'il aime l'a quitté pour un autre ce matin même. Alors il a fait un détour après son travail, trop triste pour rentrer directement chez lui, trouver la maison vide, et il s'est arrêté sur le port. Et voilà que, devant cette eau toute dorée de lumière, assis sous un arbre dans la douceur du soir, il se sent, par on ne sait quelle magie, apaisé. Il pense maintenant, mais sans amertume, à ce qui s'est passé et qui, se dit-il, devait peut-être fatalement arriver ; il regarde la beauté qui l'entoure, il la fait entrer en lui et, soudain, il n'est plus l'abandonné. Il est un autre. Son malheur lui apparaît sous un éclairage différent. C'est son histoire, mais il la voit presque comme il verrait celle d'un étranger, et riche d'un autre sens.

Sous l'arbre voisin, il y a une femme, debout entre ses deux enfants blottis contre elle, et ils forment un seul bloc de tendresse, étrangement silencieux : cette femme qui, tout le matin, s'est épuisée à faire des ménages chez des gens prétentieux et désagréables, ne pense plus à sa fatigue, à son humiliation. On dirait à présent qu'elle est une autre, comme si le seul fait de pouvoir regarder ce qu'elle voit lui donnait à elle-même douceur et beauté ; et ses enfants, saisis aussi par la singularité de ce moment, oublient de se quereller ; ils regardent les reflets de l'eau, ils écoutent le silence, appuyés muettement à leur mère, qu'ils sentent forte et heureuse. Un jour ils se rappelleront cet instant comme l'un des plus beaux, peut-être même le plus beau de leur vie, le plus paisible, le plus libre. Ce don de l'enfance, cette faculté de reconnaître la beauté, ils ne l'auront peut-être pas toujours, mais ils se souviendront du moins de ce moment.

Et là, ce couple, cet homme et cette femme, ces amants, lui adossé à un arbre, elle tendrement appuyée à lui, ils s'aiment, mais, en cet instant partagé, ils se découvrent l'un l'autre avec une intensité nouvelle, et une profondeur qui va au-delà du désir. Cette beauté à laquelle ils ont accès, la grâce qui leur est donnée de l'apprécier, leur fait sentir ce moment comme une espèce de miracle, un sommet sans doute de leur amour. Eux aussi, un jour, quand ils seront vieux, ou peut-être bien avant, s'ils se sont séparés et ne s'aiment plus, ils se souviendront de cet instant, merveilleux, peut-être unique, et un peu de leur amour vivra encore.

Il y a aussi cette vieille dame, une paysanne qui s'est attardée là au retour de la petite ville. Ah ! Il n'y a encore qu'une minute comme elle était fatiguée, et triste ! Elle était allée voir sa fille, richement mais mal mariée, et le couple l'a reçue à contrecœur, lui faisant sentir qu'elle dérangeait, elle qui avait fait tout ce chemin à pied pour les voir. Même les petits enfants l'ont mal accueillie : cette vieille, habillée pauvrement, qui venait les voir sans apporter de cadeau, ils n'en avaient rien à faire. Elle l'avait bien senti et était repartie le cœur gros. Alors, avant de rentrer chez elle, elle a eu la bonne inspiration de s'arrêter là, au bord de l'eau, assise au pied d'un arbre, à regarder les jeux de la lumière et la douce lenteur d'un bateau qui passait. Et voilà que, dans cette beauté, la plénitude de ce calme, la tristesse de la vieille femme a fondu, la douceur lui est revenue, et la joie l'a envahie sans qu'elle comprenne pourquoi. Oui, c'était du bonheur, tout simplement du bonheur.

On ne sait pas vraiment qui ils sont, ces petits personnages, cet homme, cette femme aux enfants, ce couple amoureux, cette vieille dame, les détails que nous a donnés le peintre sont infimes, on ne voit presque rien de ces gens ; d'ailleurs peu importe leur histoire. L'essentiel pour nous est d'imaginer ce qui pouvait se passer en eux en cet instant qu'ils ont vécu chacun pour soi, mais pourtant bizarrement ensemble, dans une étonnante communauté retrouvée, par la grâce de ce qui les entourait, les portait au meilleur d'eux-mêmes, et en quelque sorte au-dessus d'eux-mêmes. De ces êtres nous ignorons tout, hors l'émotion d'ordre esthétique qui les habite et leur révèle ce que la vie a de meilleur. Et cette émotion partagée entre les uns et les autres, presque à leur insu, comparable à celle que nous permet le théâtre, n'est-ce pas le bonheur ? Même si ce moment de grâce ne dure que le temps où cette lumière leur est accordée. Le souvenir, lui, restera.

Or, voilà que, ce bonheur singulier nous l'éprouvons nous aussi par le miracle du tableau d'un peintre.

« L'émotion que me donna la vie, c'est cela que je voudrais peindre », écrivait André Gide.

Fantaisie sur
La Promenade au port, Quimperlé,
Louis-Marie Désiré-Lucas, 1924

L'HOMME DU BANC

Ce n'est rien, cette image. Et c'est tout : une petite place, ou un morceau de trottoir vu d'en haut, depuis une fenêtre, le confort d'un balcon. On voit d'abord, comme en plongée, occupant presque tout l'espace de la toile, le feuillage diffus d'un arbre printanier, et en bas, à gauche, sur le trottoir, un banc public à l'extrémité duquel est assis un vieil homme en habit noir.

C'est ce que le peintre, du haut de son quatrième ou cinquième étage a vu lui aussi d'abord : le feuillage de cet arbre. Ce déferlement de printemps. Puis il a découvert cette scène urbaine, le banc et son occupant. Il a aperçu aussi, juste au pied de son immeuble, des passants rendus très petits par la perspective plongeante, deux ou trois personnages anonymes, à peine représentés, incomplètement dessinés, parce que sa situation ne lui permettait pas de bien les voir (une saillie dans le mur de l'immeuble l'en empêchant) ou parce qu'ils ne l'intéressaient pas.

C'est le printemps. Un printemps froid encore hivernal. Les feuilles de l'arbre sont toutes petites et d'un vert pâle, et frêles les longues branches. La lumière est celle d'un soleil timide. Le ciel, on ne le voit pas ; on suit le regard du peintre dirigé vers le bas, vers ce fragment de boulevard. Vers ce petit arbre qui fait tous ses efforts pour s'épanouir, dégager son tronc de l'encerclement de fer qui le rive au trottoir et l'on dirait qu'il a froid. Comme ont froid ces passants encore engoncés dans leurs vêtements d'hiver mais qui pourtant sont allés faire un tour à la faveur des premiers beaux jours.

Et le vieil homme assis là-bas, au bout du banc vert à dossier comme on en voit dans les jardins publics, il a froid aussi, visiblement, sous son chapeau noir et son costume de laine noire.

C'est un vieux monsieur, très correctement vêtu, mais dont la mise a on ne sait quoi de chiffonné, de vétuste, d'obsolète. Et comme il est bizarrement assis sur ce banc, tout ramassé sur lui-même, comme s'il avait peur d'occuper trop de place, une jambe repliée quasi entortillée sur l'autre !

Et pourquoi avoir choisi pour s'asseoir l'extrémité de ce banc pourtant libre de tout occupant ?

Et pourquoi cet air penché, légèrement tourné vers sa gauche où il n'y a personne, fixant du regard la place vide comme s'il attendait quelqu'un ?

Non, il n'attend personne en cet après-midi de printemps. En tout cas personne de vivant. S'il est là, s'il a pris sur lui de sortir, c'est peut-être pour penser à d'autres printemps où il venait sur ce banc-là, justement, retrouver quelqu'un qui a disparu.

Une femme. Peut-être morte. Ou partie on ne sait où. Enfuie. Éloignée, indifférente. Occupée ailleurs. De toute façon inaccessible. C'est ce souvenir qu'il convoque, l'image de cette femme, sa voix qu'il cherche à retrouver. La place à côté de lui est offerte à une ombre.

Ce nouveau printemps à la force incertaine, il le voit venir avec mélancolie et une espèce d'effroi. Il est âgé. Il sait que ce pourrait être le dernier.

Et c'est cela que s'attarde à regarder, de là-haut, le peintre, parce qu'il comprend, parce qu'il devine, parce que tout le ramène à ses propres hantises, la mort. Celle des autres. La sienne. Même s'il est encore assez jeune, lui. Parce que l'invincible printemps, au lieu de le réjouir lui fait peur. Parce que le temps qui passe le fascine. Et il va tenter de nous le dire avec trois fois rien, quelques détails, la silhouette d'un vieil homme assis au bout d'un banc, un arbre au tronc cerclé de fer, de petites feuilles d'un vert fragile. Et des passants maussades, indifférents.

Étrangers.

Fantaisie sur
Le Boulevard vu d'en haut,
Gustave Caillebotte, 1880

VERTIGE

C'est un paysage bleu, un nocturne bleu, à cette heure bleue, indécise, de la nuit qui tombe, où le ciel, l'eau et le rivage se mêlent dans une étrange communion de couleurs très douces, sous l'effet d'une lumière presque irréelle, déjà celle de la lune, en ce moment crépusculaire qui n'est ni nuit ni jour. Un moment hors temps. Hors espace. Un moment qui plonge au cœur du mystère de la vie et de la mort.

L'eau, la Tamise, ce pourrait être aussi bien un bras de mer tranquille entre deux rives, un lac, une large et paisible rivière d'un bleu gris luminescent. Le rivage du fond, Chelsea, ce pourrait être n'importe quelle longue bande de terre d'un gris-bleu sombre, tout comme la plage de sable gris qui occupe le bas du tableau. La précision géographique importe peu, nous pourrions être n'importe où entre ciel et eau à une heure déjà nocturne, indécise et solitaire. Au loin, sur la côte obscure, quelques minuscules lumières disent une vie lointaine, étrangère. Sinon on ne voit sur l'eau que le reflet ombré de cette côte et plus près de nous, à quelques mètres du bord une vieille barge qui flotte, abandonnée. Et, tout aussi fantomatique, se dresse debout devant les premières vaguelettes la silhouette, translucide à la lumière de la lune, de ce qui pourrait être un pêcheur.

Mais, curieusement, ce personnage secondaire, dans sa pâleur et son insignifiance, se fait l'âme du tableau. Comme si c'était lui que le regard du peintre habitait. Lui qui était le voyant.

Nul doute que ce paysage, par sa beauté, la profondeur de sa mélancolie, son étrangeté, ait bouleversé l'artiste. Qu'il ait eu le besoin soudain, impérieux, de le peindre. Comme s'il se reconnaissait entièrement dans cette tristesse, ce rêve à la frontière de la réalité et de l'au-delà. Cette méditation sur le passage du monde des vivants à l'autre.

On peut imaginer qu'il lui fallait alors un témoin, un complice, un double, et il s'est en quelque sorte incarné en ce personnage à peine réel, cette figure évanescente postée au bord de l'eau, juste à l'endroit où le sable affleure, ce petit personnage au contour évasif en lequel le spectateur attentif croit reconnaître un pêcheur au matériel qu'il tient sur l'épaule, mais si distraitement et incomplètement représenté.

Ce pêcheur, il n'existe pas, il est tout abstrait. À peine esquissé, il est seulement cette maladresse humaine, cette faiblesse, ce vacillement au bord de l'eau. Peut-être ce vertige entre le jour et la nuit, le ciel et la terre, la vie et la mort, l'étrangeté de ce passage, de cette entrée dans le monde des morts, la beauté fascinante de ce voyage. Il y a dans ce tableau quelque chose de mystique : le regard du peintre n'est pas seulement esthétique, il est celui de la contemplation.

Ce personnage dérisoire, cette pauvre silhouette, fragile, funambulesque, permet au peintre, avec cette incarnation presque caricaturale, d'échapper à la gravité, à la lourdeur d'une pensée métaphysique. Ou peut-être encore au sérieux d'un chagrin, d'une angoisse personnelle profonde. Tout se passe comme s'il avait projeté à travers ce dessin à peine esquissé un peu de son âme. C'est une méditation mélancolique que sa poésie, nuancée d'une pointe d'humour, empêche absolument d'être pesante.

Le petit bonhomme si près de l'eau, un peu penché, voûté, cassé, et qui ne semble guère disposé à pêcher, on l'imagine saisi d'une curieuse tentation de s'embarquer, de le franchir, ce Styx, pour gagner l'autre rive, la terre grise des morts, le pays inconnu. Un vertige, une attirance que le peintre connaît bien, qu'il a manifestée dans bien d'autres tableaux. Et qu'il éprouve en cet instant avec une acuité intense. Mais, comme dans le domaine de la musique, c'est la beauté qui métamorphose la vision effrayante, morbide, et en fait un objet d'extase quasi religieuse au sens propre du terme : ce qui nous relie à la vie et aux autres. Et ce lien ce sera le tableau.

Dans les nocturnes de Chopin, les lieder de Schubert, la mélancolie atteint en certains instants un point limite qui, sans le secours de l'art, serait fatal au commun des mortels.

C'est cet instant que nous dit le tableau, à travers ce très humble petit personnage de passeur, apparemment secondaire. Il est pourtant l'émouvante signature du peintre et sa représentation élégamment dérisoire.

Fantaisie sur
le *Nocturne en bleu et argent, Chelsea,*
James Abbott McNeill Whistler, 1871

CHIEN NOIR

La scène se passe sous un grand ciel presque blanc, mais envahi d'une lumière du soir, douce et quasi biblique, qui rayonne sur un fleuve lactescent contre lequel se détache la silhouette stylisée d'arbres au feuillage doré par l'automne. Sur l'eau, comme dans un rêve, tant l'atmosphère est irréelle, passent des bateaux que l'intensité de la lumière rend presque transparents. Seul le rivage de gauche, à gauche du tableau, est dans l'ombre, cerné par les arbres et un petit muret qui le sépare du fleuve. Il n'y a âme qui vive – hors deux minuscules silhouettes assises, immobiles, comme endormies, à l'extrémité gauche du muret – et tout est silence, lumière, harmonie. Un moment parfait, dirait-on.

Une tache pourtant dans cette éblouissante image, un chien noir, debout, immobile, sur la rambarde, entre la route et le fleuve, l'ombre et la lumière, et d'autant plus visible qu'il est à contre-jour. C'est la seule présence animée du tableau, bien petit personnage dans ce vaste et majestueux décor, mais devenu par la noirceur de son pelage, la netteté du dessin de sa silhouette, la bizarrerie de sa position, le personnage principal. Tellement insolite, ce chien tout seul, en attente, le museau tourné vers la partie droite du fleuve. Il est à l'arrêt, anxieux, en quête de quelque chose, à la recherche de quelqu'un. Sa tension est visible à l'arc de son corps, au fléchissement léger de ses pattes, comme s'il s'apprêtait à bondir en aboyant, la queue dressée. Il présente au spectateur une silhouette de profil dure et sombre qui détonne dans la magnificence de ce paysage lumineux. Au milieu d'une telle paix son inquiétude interroge. Il est bien évident que la modeste créature n'est pas le sujet du tableau, mais un ajout, un truc de peintre peut-être, destiné à créer un effet d'opposition avec la lumière du fond ? Et pourtant on ne voit plus que lui !

Que vient-il faire là, ce chien, pas même beau, sans race, un bâtard, jeté négligemment sur la toile, mais d'un trait précis, et dont on ne sait rien que la tension passionnée de sa posture ?

Ce n'est pas un chien désœuvré ou rêveur, arrivé sur ce muret au hasard d'une promenade. Pas du tout. Ce chien est très déterminé. Il est à l'arrêt, sur les traces de quelqu'un d'invisible, attentif au moindre bruit. Mais dans ce paysage silencieux où l'on entendrait voler une mouche, la seule anxiété, c'est lui. Il dérange, il n'est pas à sa place. Et, bien sûr, il nous interpelle. Et si c'était cela justement qu'avait voulu faire le peintre : nous réveiller.

Du bruit, on dirait que le chien noir voudrait bien en faire : il tente désespérément d'aboyer, de signaler qu'il est là, qu'il attend, qu'il faut qu'on vienne. Mais l'aboiement s'étouffe dans sa gorge. Il serait inutile et l'animal le sait. Alors il finit par se taire mais reste dans sa crispation immobile, pathétique. Il n'y a rien alentour que ce fleuve indifférent, ce ciel blanc où passent des nuages impassibles, des bateaux aveugles et sourds à son appel muet. Aucun des deux personnages assis là-bas tout au bout du muret ne semble réagir. Ils n'entendent pas. Ni eux ni personne. C'est comme dans un rêve où le son serait aboli.

L'homme que le chien attend ne reviendra pas. C'était son maître et il est parti.

Dans cette rivière on aurait pu noyer la bête en passant tout à l'heure en voiture sur le quai ; il suffisait d'ajouter une pierre dans le sac où on l'avait jetée sans mot dire en quittant la maison. Mais on n'a pas osé en venir là, à ce geste trop délibérément criminel, même s'il ne s'agissait que d'un vieux chien dont on voulait se débarrasser.

Alors, en arrivant au fleuve, on l'a sorti du sac où il était enfermé, on l'a rossé une dernière fois pour qu'il saisisse la situation et perde toute idée de retour, puis on l'a poussé d'un coup de pied sur le parapet avant de filer dans un claquement de fouet et le trot allègre des sabots du cheval. Procédé peu élégant sans doute, mais efficace. Il n'était pas question de s'encombrer d'une bête, maintenant qu'on quittait le pays. Non, quand il était urgent de changer de vie, de rompre les amarres, le temps n'était pas à la sentimentalité. Pourtant on l'avait bien aimé, autrefois, ce chien, compagnon d'une adolescence difficile. La décision n'avait peut-être pas été facile. Mais on se voulait homme fort : au diable la sensiblerie.

D'abord l'animal n'avait pas compris ce qui lui arrivait. Pourquoi, au moment du départ, ce bizarre regard de son maître ? Pourquoi, surtout, l'avait-il soudain empoigné, tiré par le collier, en dépit de sa résistance, fourré dans un sac ? Est-ce qu'il jouait ? Il avait parfois, cet homme, des fantaisies. C'est vrai que, depuis quelques jours, le chien avait senti qu'un voyage se préparait. Mais les voyages de son maître, il y était habitué : il partait et puis, toujours, il revenait. En l'absence de l'homme, c'était la voisine qui était chargée de nourrir l'animal. Cette fois, c'était différent. Le chien l'avait remarqué. Ce n'était pas un voyage ordinaire. La maison, on la vidait. Et cette soudaine brutalité envers lui, pourquoi ? Il n'y était nullement habitué. Tout cela était bizarre, inquiétant. C'est seulement quand, tout étourdi au sortir du sac dans lequel on l'avait fourré et transporté, quand, tout endolori des coups reçus, il s'était retrouvé sur ce parapet devant le fleuve, c'est alors qu'il avait compris. La dernière chose qu'il ait entendue, le claquement du fouet, le bruit de la voiture à cheval qui s'éloignait avait été un trait de lumière : on l'abandonnait.

Alors, de colère impuissante devant ce qui lui était fait, il avait tenté d'aboyer, de hurler son effroi, sa rage. Il ne pouvait s'empêcher de regarder de tous côtés, indigné de la trahison de son maître, effaré de sa disparition, de la perte de tous ses repères, conscient soudain de l'anéantissement de son univers. Mais très vite il a su que cela ne servirait à rien. L'aboiement s'est étouffé dans sa gorge, produisant un bruit bizarre. Indescriptible. Sans nom. Et ce râle misérable avait quelque chose de pathétique, bien plus terrible qu'un cri de colère. Ce n'était plus un appel, c'était juste du chagrin. Comme cette posture crispée de l'animal debout sur le muret, arc-bouté sur ses quatre pattes, tremblant de tout son corps, queue dressée dans le vide, exprimant un désespoir et une indignation dérisoires dans le silence général.

Sans le chien, ce paysage aurait la douceur mélancolique, l'innocence d'un soir d'été paisible, sous le regard d'un Dieu bienveillant. Ce serait un tout autre tableau. Ce chien noir lui donne une dimension dramatique : c'est un cri, une stridence au cœur de la lumière, au cœur de la paix du soir. C'est un appel, un signal d'angoisse étonnant au milieu du bonheur universel. De petit personnage sans intérêt, ce chien noir devient figure tragique face à l'indifférence du monde. Il est la révolte, pas seulement d'un chien, mais la nôtre, devant l'injustice des hommes et le silence de Dieu. Un scandale. Une tragédie. La tache qui nous fait détourner le regard. Chien noir.

L'image nous poursuit.

Fantaisie sur
la *Terrasse un soir d'été,*
Joseph Mallord William Turner, 1827

En fait c'est le peintre lui-même qui, paraît-il, a ajouté le chien au dernier moment. Il en aurait découpé la silhouette dans du taffetas noir, et l'aurait ensuite tout bonnement collée sur son tableau. Coup de génie !

JOUR DE LUMIÈRE

Ce petit port, c'est un éblouissement de légèreté, de charme aérien : on dirait que tout s'envole dans la clarté de l'atmosphère, la douceur des couleurs. La marée est basse, qui ne laisse à voir qu'un léger bras de mer lactescent, à peine bleu, turquoise peut-être. Des bateaux sont à quai dont on ne voit que les mâts et les cordages clairs traversés de soleil. C'est la lumière qui rend la scène aussi aérienne, qui révèle la douceur des couleurs… Le sable doré de la marée basse de l'autre côté de l'eau joue avec le tendre orangé de bâches jetées sur le pont du bateau presque irréel dont les mats dominent le quai tandis que sa coque nous reste invisible.

Le ciel n'est pas là. On ne le voit pas. Il n'est pas dans le tableau. Il n'y a que cette lumière irradiante qui fait chanter l'eau, le sable, les mâts et, au bord supérieur de la toile, le vert sombre et chaleureux d'une ligne végétale, seul rappel de la vie terrestre.

Pourtant ce rêve est habité par deux personnages singuliers. Secondaires peut-être si l'on veut se contenter de l'exquise marine esquissée par le peintre. De petits personnages féminins, peints de douces couleurs et comme fondus dans cette légèreté. Et puis on s'aperçoit qu'ils sont plus que cela, ces intrus, et que, s'ils participent à notre perception de la beauté de l'ensemble du tableau, ils proposent à notre imagination des choses surprenantes.

Il s'agit d'une très jeune femme et de sa petite fille. Elles sont venues par ce beau jour en promenade sur le port. La jeune femme est élégante, en tenue d'été : une robe claire; un petit chapeau blanc sans doute à voilette, posé un peu en avant sur le front; la robe, pincée au corsage et à la taille, porte une légère tournure, comme il se doit, la jupe est longue, festonnée. Se devinent, touchant à peine le sol, deux petits pieds. Le visage – la jeune femme avance de profil – on ne le voit pas; mais on devine qu'il est charmant : c'est une jolie personne soignée, coquette, habituée à plaire; un rien maniérée tant elle se tient droite et raide. Elle a épousé un riche commerçant, beaucoup plus âgé qu'elle. Elle n'a pas grande estime pour lui : il est si lourd, si peu distingué. L'enfant qu'il lui a fait malheureusement lui ressemble. La jeune mère ne s'en est pas remise.

Justement, cet après-midi ensoleillé, elle se dévoue et promène sa fille. Si de la main gauche elle tient un élégant réticule noir, elle tient de la droite avec fermeté la main de l'enfant, six ans peut-être, qui avance timidement, craintivement, à côté d'elle, mais distraite, dirait-on, le nez au vent, curieuse du monde extérieur. On voit que sa mère la serre de près, ne lui laisse pas beaucoup d'initiative, craignant toujours que cette nigaude ne fasse quelque bêtise. « Elle est tellement gauche et ahurie ! Vous n'imaginez pas ! », confie la jeune femme à ses amies.

La petite, il est vrai, n'est pas gracieuse, replète sous un tricot rouge informe, des cheveux jaunes bizarrement coiffés ; et un long et gros nez presque animal. « Dieux ! Quel nez ! », s'était écriée la mère en découvrant le bébé qui lui était venu. Et, au fur et à mesure que l'enfant grandissait, sa ressemblance avec le père s'était, hélas, affirmée. On l'avait appelée Inès pour donner à son teint jaune un air espagnol. L'idée venait de la bonne.

Pour l'instant la laide enfant contemple, comme fascinée, ces bateaux qui lui parlent de voyage, de liberté, d'aventure. Peut-être d'évasion. Elle tire un peu, on dirait, sur la main autoritaire qui la retient. Son grossier visage tout entier tendu vers ce qui est beau, elle le sent bien, et ce qui est, pour elle, l'ailleurs. Elle voudrait bien poser des questions. « Dis, maman, il vient d'où ce bateau ? Il s'en va où ? » Mais elle n'ose pas rompre le silence. Déranger. Les mots lui restent dans la gorge tant la mère, le regard au loin, muette, glacée, semble inabordable. Alors la petite ne dit rien. Elle se tait, boudeuse, réfugiée dans son rêve, la langue nouée de paroles non dites, la main prisonnière des doigts froids.

La mère ne voit rien, secrète, retirée en elle-même, en ses petits et ses grands secrets – rencontrera-t-elle ce soir au parc ce jeune homme si empressé qui, hier, l'a abordée ? Commandera-t-elle à la couturière cette nouvelle tenue vue dans un magazine ? Son mari va-t-il ou non faire ce voyage d'affaires dont il parlait ce matin, la libérant pour trois jours ? – et, la tête pleine de projets brillants, tous plus séduisants, c'est à peine si elle sent dans sa main la petite main d'Inès, au côté de laquelle elle avance en aveugle, sourde à ce que crie en silence son enfant au vilain nez.

Curieux de trouver dans ce tableau lumineux, si poétique, cette atmosphère vaporeuse, la tendresse de ces coloris, une incise d'un réalisme si caricatural, si cruel ! Vous l'aurez peut-être deviné, le peintre, c'est Édouard Vuillard, et il est familier de ces dissonances. Ici il me suggère tout un roman : l'histoire d'une petite fille mal aimée, née on ne sait comment ni pourquoi d'un couple mal assorti.

Pourtant, pourtant, cette promenade charmante aurait pu être un moment de grâce pour la mère et la fille… Il ne le sera pas. Mais qui sait ? Peut-être que, pour l'enfant, si abandonnée qu'elle se soit sentie, cet instant aura été sa première conscience de la beauté des choses, l'espoir ténu d'une possible liberté, et, en ce sens, cette promenade restera dans sa mémoire un jour de lumière.

Le tableau en est un pour nous, heureux regardeurs.

Fantaisie sur
La Promenade sur le port, Le Pouliguen,
Édouard Vuillard, vers 1910

SOLITUDES

C'est un jardin tout en fleurs, magnifique. La vigne vierge court sur la façade de cette maison de campagne bourgeoise, à droite, devant laquelle s'étagent des potiches de grès bleu débordant de fleurs blanches, devant des plates-bandes colorées. À gauche et au fond de la toile, règne une débauche de végétation heureuse. Tout cela évoque un entretien rigoureux et le souci d'assurer le plaisir de vivre de ceux qui habitent là. Le ciel est bleu, semé de quelques nuages de beau temps. Un monde presque parfait.

Pourtant, dans ce beau jardin, dans cette luxuriance, deux fausses notes. Dans ce monde épanoui, vibrant de vie, deux petits personnages immobiles, silencieux, semblent peu à leur place.

Au centre de la composition, en plein milieu du jardin et nous tournant le dos, il y a ce très petit garçon immobile tenant devant lui avec indifférence un cerceau avec lequel il ne joue pas, boudeur, semble-t-il. Il est vêtu, comme c'était encore l'usage à la fin du XIXe siècle pour les garçons de moins de quatre ans, d'une robe de percale blanche, fermée dans le dos par un grand nœud bleu. Ses petits pieds chaussés de bottines montrent une certaine gaucherie, comme un embarras d'être là, sommé de s'amuser dans ce jardin qu'il n'a pas encore apprivoisé. En effet son père, le peintre Claude Monet, vient d'acheter cette maison d'Argenteuil, signe de sa réussite. Et l'enfant semble figurer dans le tableau pour parapher ce bonheur. Mais le petit semble peu décidé à jouer ce rôle. Peu décidé à jouer d'aucune façon, d'ailleurs.

Le cerceau qu'il tient devant lui, inutile, dérisoire, encombrant. Même le chapeau de paille dont on l'a coiffé malgré lui – ce ridicule chapeau bordé d'un ruban rouge. C'est son père qui a voulu cette mise en scène, qui en a orchestré le détail. Son père, magnifique et terrible, dont l'enfant redoute les éclats de voix, les humeurs changeantes. « Et tu ne bouges plus, s'il te plaît ! » Comme si on avait besoin de le lui dire deux fois, écrasé qu'il est par ce qui l'entoure, étranger à ce décor nouveau.

C'est un enfant qui ne joue pas ; un enfant qui s'ennuie. Depuis toujours, mais ici particulièrement. Le merveilleux jardin où il doit faire semblant de jouer ne lui est rien. On imagine qu'il ne le voit pas ; il regarde ses pieds, dans l'impatience du moment où on lui dira que, c'est bon, Jean, le croquis est terminé, tu peux maintenant faire ce que tu veux, aller retrouver comme toujours ta mère à l'intérieur de la maison. Oui, c'est tout ce que souhaite le petit Jean en cet instant, rejoindre sa mère douce et malade, dans le confort ombreux du salon. Alors il guette la voix du père lui annonçant sa libération, cette voix d'habitude redoutée, mais qu'il est pour l'occasion impatient d'entendre. Pauvre petit Jean, toujours grondé pour ses maladresses, sa paresse, son indolence, lui l'enfant unique si décevant, ce premier né dont on espérait des merveilles qui ne viennent pas.

Elle est déjà là, à l'attendre, sa mère tant aimée, elle l'attend, debout sur le seuil de la jolie maison. C'est cette silhouette indécise de jeune femme, en robe d'été blanche et châle bleu, qui paraît avoir peur de s'aventurer dehors. Elle se tient là frileusement, comme si quelque chose la retenait à l'intérieur. Elle aussi était censée tenir son rôle dans la représentation de la famille heureuse ; celui de la mère attentive, surveillant les jeux de l'enfant. Comme si, du perron, elle s'apprêtait à l'encourager de loin, à la manière des autres mères : « Mais vas-y, Jean, amuse-toi ! Fais-le aller, ce cerceau ! », à s'extasier de ses exploits. Pauvre Camille, comme si cela venait d'elle ! Comme si on ne lui avait pas enjoint de rester là, devant la porte entrouverte, jouant la félicité de l'heureuse maman, de l'épouse comblée, alors qu'elle est malade, qu'elle n'a pas longtemps à vivre, et qu'elle le sait. Comme son mari d'ailleurs, qui a même commencé une liaison avec une autre femme. Et cela aussi elle le sait.

Elle a si peu de présence, Camille, si peu le goût du bonheur. Qu'a-t-elle à faire, malade, de cette nouvelle maison, de la luxuriance insolente de ce jardin ? On dirait qu'elle a peur d'exister, presque honte de s'obstiner à vivre. Elle et son petit garçon répondent si mal au tempérament de son mari ; cet ogre qui a la folie de la vie, d'une création chaque jour renouvelée ; cet homme sous l'autorité exubérante duquel les faibles ne peuvent que s'éteindre.

Elle regarde l'enfant immobile. Elle devine qu'il est fatigué, ennuyé de garder la pose. Et elle a honte de cette comédie qu'ils sont tous les trois condamnés à jouer. Il y a des instants où la lucidité est si cruelle.

Et le peintre lui-même, est-ce qu'il ne voit pas ce qui en train d'arriver ? Est-ce qu'il ne souffre pas du mal-être de son enfant, de sa fragilité, et de celle bien plus grande encore de sa femme ? Mais si, bien sûr que si. Chaque détail de ce tableau le montre, le crie. Le contraste si violent qu'il souligne entre la force vitale de ce jardin et la faiblesse des deux petits personnages qui l'habitent, c'est là tout le talent du peintre. Et ce qui nous permet d'imaginer l'ambivalence des sentiments de l'homme : un mélange de dépit, mais aussi de pitié sincère et, pourquoi pas, de tendresse.

Que se passe-t-il dans cette maison ? C'est ce que nous raconte silencieusement Claude Monet. Lui, l'amoureux de la nature, de la vie, des femmes, de la grâce enfantine, il est en train de nous confier avec pudeur un drame qui le touche de près : celui de trois solitudes.

Fantaisie sur
La Maison de l'artiste à Argenteuil,
Claude Monet, 1873

ADOLESCENTE

C'est un élégant paysage champêtre, comme on en voit dans le parc des châteaux d'autrefois. Au centre du tableau, un étang, enchâssé entre d'immenses arbres au foisonnant feuillage que roussit déjà la fin de l'été. Sur l'autre rive, on distingue les balustres de pierre d'une légère rambarde, derrière laquelle se profile un autre parc, et, dans le lointain, une forêt. Le ciel, au-dessus de cette exubérance végétale, on l'aperçoit à peine, d'un blanc hésitant que commence à dorer l'approche du soir. Il projette un pâle reflet sur l'étang déjà envahi d'ombre. Mais comme ils sont puissants et doucement étouffants, ces grands arbres, et combien étrange la lumière évanescente de ce crépuscule ! Il y a dans l'atmosphère un mystère, une attente, une inquiète langueur.

Dans ce décor à la douceur voluptueuse – qui pourrait à lui seul constituer un tableau – on voit, assis mollement ou à demi allongés dans l'herbe, de petits personnages en costumes XVIIIe, comme engloutis au sein de l'ampleur, de la luxuriance du paysage. Leur présence est presque irréelle, comme rêvée, posée sur la toile comme par jeu. Au premier plan, sur la gauche, donc un peu plus grands pour nous, un homme et une femme, visiblement amoureux, avancent au bras l'un de l'autre en se regardant. Tandis que leurs compagnons, assis dans l'herbe, se divertissent de toutes sortes de façons : on fait de la musique, on joue à colin-maillard, on badine, on folâtre ou l'on regarde folâtrer. Tous sont dans la plénitude de la jeunesse, des succès. Cette société est élégante, fortunée. On s'amuse, on goûte les plaisirs du jour, on attend ceux du soir.

Un peu extérieurs à ce groupe d'adultes, deux enfants assis jouent entre eux. Et, debout près d'eux, mais leur tournant le dos, comme elle tourne le dos au reste de la petite société – et au regardeur –, une grande petite fille, on ose à peine dire une jeune fille, tant, dans sa longue et élégante robe de soie, elle semble gracile. La taille est bien prise, elle est dûment corsetée, ses cheveux sont relevés, mais on lui donne treize ans, pas davantage. Elle ne fait pas partie des enfants dont elle dédaigne les jeux, ni des grandes personnes dont, semble-t-il, les ébats ne l'intéressent pas.

À côté d'elle, dressé sur ses petites pattes, un chien noir et blanc minuscule – sans doute un King Charles – semble attendre ses ordres. On devine que c'est pour l'adolescente solitaire un compagnon, un confident.

À quoi rêve-t-elle, cette adolescente, si innocente et si grave, dont nous ne voyons pas le visage mais remarquons la boudeuse attitude, et pressentons le mystère ? Elle semble si différente du milieu qui est le sien. Sa mère, c'est cette dame au beau décolleté, assise avec grâce dans l'herbe au centre du groupe des jeunes gens. Masquée, elle subit élégamment les assauts de deux gandins avec lesquels elle joue à colin-maillard.

Sa fille, elle, leur tournant le dos, préfère contempler l'étang, où se joue le reflet hésitant des grands arbres. Elle est la seule à voir cet étonnant paysage pour lequel la folâtre compagnie n'a pas un regard. La seule à rêver. À quoi ? Elle ne le sait pas exactement. À une vie autre ? Différente de celle qu'elle voit mener ceux qui l'entourent. Mais où est-elle, la vie dont elle rêve ? En quel pays ? Où est-il cet ailleurs qu'elle attend ?

Car on la dirait en attente de quelque chose qui va arriver, qu'elle espère de toutes ses forces, et pour laquelle son petit chien ne lui est pas d'un grand secours.

Elle regarde de l'autre côté de l'étang, derrière la belle rambarde de pierre, les arbres du parc voisin, ce parc désert et comme abandonné. Et, au-delà, cette forêt qu'elle voit bleuir dans le lointain. Comme elle voudrait, en ce moment précis, pouvoir s'y aventurer, courir là-bas librement ! Jamais on n'évoque devant elle ce jardin étrange, ni le maître de ce château perdu entre les arbres. Jamais elle ne l'a encore rencontré. Il paraît qu'il est toujours en voyage.

Le jour baisse. La petite pense avec ennui qu'il va falloir rentrer, se plier aux ordres et aux caprices des adultes. Se remettre aux soins de sa bonne.

Mais est-ce une illusion ? Il lui semble avoir vu bouger… Là-bas, à cette extrémité de la balustrade que cache un peu le feuillage des arbres, quelque chose, quelqu'un ? Il est vrai que le soir tombe, enveloppant le paysage d'une tendresse nouvelle… Oui, elle a vu se dessiner comme une silhouette sombre derrière les balustres blancs… Le cœur battant, elle affine son regard…

Elle ne s'est pas trompée : là-bas, maintenant immobile, appuyé dans l'ombre au rebord de pierre, il y a un homme. Un homme qui semble attendre. Ou rêver.

Et voilà l'adolescente, elle qui n'est encore d'aucun âge ni d'aucun pays, partie dans la folle attente de ce qui peut advenir.

Mais non, cet homme ne rêve pas, il a les yeux fixés sur elle, c'est elle qu'il regarde, elle, la jeune fille inintéressante, que personne n'a jamais remarquée, jamais vue, tant elle est discrète ! Elle qu'il attend ! Et, chose prodigieuse ! Voilà qu'il lui fait signe de la main !

L'enfant jette un coup d'œil furtif à ses compagnons : les deux amoureux sont toujours occupés l'un de l'autre, les amateurs de badinages sur l'herbe continuent de s'amuser, les petits de jouer paisiblement.

Alors la jeune fille ose lever sa jolie main pour répondre au signe de l'inconnu.

Ce fut un mystère pour la petite société de constater, comme la nuit venait de tomber, et qu'une douce et brusque obscurité s'étendait sur le parc, que l'enfant avait disparu. Même le chien s'était abstenu d'aboyer.

Fantaisie sur
l'*Assemblée dans un parc,*
Antoine Watteau, vers 1718

SCÈNE DE PLAGE AU XIXE SIÈCLE

La mer, on la voit à peine, cachée par deux groupes de femmes, assises côte à côte sur deux ou trois rangs serrés, crinolines bouffant à l'entour, entre lesquelles émerge la silhouette d'un homme debout, tout vêtu de noir. En arrière, à gauche, une autre silhouette d'homme, de dos, apparaissant entre les femmes assises. Oui, on ne voit qu'elles, ces femmes, affairées sous leurs voiles et ombrelles, en conversation active entre elles, comme dans un salon. Un ou deux hommes, assis, semblent comme ensevelis entre ces jupes volumineuses et colorées. On aperçoit au loin, le long de cette mer qui nous est invisible, des femmes à voilettes et chapeaux marchant vivement dans le vent qui fouettent leurs rubans.

Car il ne fait pas beau : au-dessus de ces « baigneurs et baigneuses » très habillés, s'ouvre un grand ciel blanc et gris aux nuages inquiétants. Il y a du vent et on a l'impression que ces gens blottis les uns contre les autres ont un peu froid.

Un détail insolite, au premier plan sur ce sable d'un ocre doré qui nous rappelle qu'après tout, nous sommes sur une plage, attire notre attention : un chien. Un petit chien moche, bâtard, dressé hésitant sur ses courtes pattes, comme surpris de se trouver face à ce beau monde, la queue levée en point d'interrogation, la tête tournée, interrogative vers le groupe de gauche.

Que cherche-t-il ? Il porte un collier. Son maître serait-il parmi ces gens qui, apparemment, ne se soucient pas de lui ? L'a-t-on chassé, comme on a relégué les deux enfants assis sur le sable qui jouent entre eux, à l'écart du cercle des adultes pour ne pas déranger ? Mais non, ce chien vulgaire est étranger à l'élégante société.

Pourtant quelqu'un du groupe de gauche l'a remarqué ; cet homme à la silhouette élégante, debout à côté d'un vieux monsieur tassé sur sa chaise : il a tout à coup aperçu le chien et, interrompant sa conversation avec le vieillard, il ne le quitte plus des yeux. Il l'a tout de suite reconnu. Et le chien lui aussi l'a repéré. Il le connaît bien mais n'ose s'avancer.

« Comment se fait-il qu'elle ne soit pas venue, se demande l'homme élégant, alors que son chien est là, tout seul ? Elle avait pourtant promis d'être là. Que s'est-il passé? Ah! Si cet animal pouvait parler!»

Le vieux monsieur remarque le silence de son neveu, la distraction de son regard : «Qu'y a-t-il, mon petit Norbert? Tu sembles inquiet?

– Rien, mon oncle, rien, je me demandais seulement ce que fait là ce pauvre chien.

– Ce chien? Mais c'est celui de la villa des Bleuets. Je le connais bien. Il appartient à une charmante jeune femme. Mais je ne la vois pas. On se demande d'ailleurs comment elle, si élégante, peut avoir un chien aussi laid. Les Dupont-Moret sont mes voisins ici…

– Ah bon? fait Norbert avec une feinte indifférence. Vous les connaissez?

– Oui, enfin, des relations de villégiature, sans plus. Le mari est insupportable. Un nouveau riche. Un prétentieux. Sa femme est tout le contraire. Figure-toi que ce bâtard malheureux, elle l'a recueilli, m'a-t-elle raconté, demi-mort de faim sur la route…

Norbert acquiesce avec sérieux. L'histoire, il la connaît, mais il est si heureux d'entendre parler de sa maîtresse. Son oncle peut bien lui dire n'importe quoi, du moment qu'il s'agit d'Hélène, de l'univers d'Hélène… Tandis que parle le vieil homme, racontant interminablement de sa voix chevrotante ce qu'il sait des locataires des Bleuets, le neveu rêve, pense à la femme qu'il aime, s'interroge, tout à coup angoissé, sur son absence. Son regard rencontre celui du chien, attentif, qui semble suspendu à sa personne, comme s'il guettait un signe de l'homme l'invitant à sauter sur ses genoux comme il le fait chaque fois qu'il vient voir Madame en l'absence de Monsieur.

Il a dû arriver quelque chose, s'inquiète le jeune homme. Son mari lui aura certainement fait une scène pour l'empêcher de sortir. Et l'intelligent cabot a filé m'avertir. C'est elle qui l'envoie… Oui, c'est sûrement ça… Et, en effet, le regard suppliant du chien semble confirmer cette hypothèse, cette idée un peu folle, comme l'étrange petit mouvement de tête incitatif de l'animal, resté planté à deux mètres de l'ingrat sans oser l'approcher.

Elle ne viendra plus cet après-midi, c'est sûr, conclut Norbert. Qu'est-il donc arrivé ? Risquera-t-il un coup de téléphone ce soir ? Au risque de provoquer une nouvelle scène ? Des violences peut-être ? Et si déjà cet homme avait osé… Il ne veut pas imaginer…

Le vieillard poursuit avec un plaisir bavard le portrait de ses voisins de vacances : « Ces gens, un couple bien mal assorti. Des disputes, si tu savais ! Lui, un colérique ! Un demi-fou ! Pauvre femme ! Tout le quartier est au courant. En général, on la plaint, mais, n'est-ce pas, on ne peut jamais savoir.

Moi, je ne m'en mêle pas. Elle vient quelquefois sur la plage, sans le mari, et sans le chien. Tu la verras peut-être un jour, je te la montrerai. Et puis, comme c'est drôle ces coïncidences, imagine-toi qu'à Paris ils habitent le même quartier que toi ! Peut-être les as-tu déjà croisés ? Ah ce serait amusant ! Que le monde est petit !

– Oui, elles sont amusantes ces coïncidences… », convient poliment Norbert exaspéré (ah si l'oncle savait combien, ce voisinage parisien, il l'a depuis longtemps mis à profit !). Il est maintenant certain qu'il est arrivé quelque chose de grave aux Bleuets alors qu'il perd son temps à écouter le vieux radoteur. Comme il voudrait bondir, courir là-bas avant qu'il ne soit trop tard ! Et si un geste fatal…

Autour de lui les conversations et les crinolines de taffetas bruissent doucement. Une femme éclate de rire. Un monsieur spirituel toussote avec affectation au milieu de l'histoire qu'il raconte.

Rien n'est vrai sur cette plage, ni les baigneurs en toilettes mondaines qui ne se baignent pas, ni la mer disparue derrière la rangée de bavards, la mer que personne ne regarde sauf cet homme au fond du tableau, à gauche qu'on voit de dos, et qui debout très droit sous son haut de forme, la contemple gravement.

Ça ne va pas. Rien ne va, pense Norbert. Assez de faux semblants ! Après tout, tant pis ! D'un claquement de doigts, il appelle le petit chien qui court se jeter sans rancune contre ses jambes en jappant joyeusement. Le jeune homme le prend dans ses bras.

« Eh bien par exemple ! s'exclame l'oncle, stupéfait. Je ne te savais pas un tel amour pour les chiens !

– Vous voyez, tout arrive, mon cher oncle ! Mais, pardonnez-moi, il est temps pour moi de rentrer : j'avais oublié qu'on m'attend ! »

Et, non sans s'être incliné avec respect devant le vieux monsieur interloqué, il s'éloigne à grands pas pour voler au secours de l'aimée, escorté du petit chien qui caracole tout heureux autour de lui.

Fantaisie sur
La Plage de Trouville,
Eugène Boudin, 1865

PAYSAGE PARISIEN

Le tableau représente la Seine vue du quai des Grands-Augustins. Paysage on ne peut plus familier : un provincial, un étranger le reconnaîtrait tout de suite ; même s'il n'inclut aucun monument connu, mais la Seine et sa couleur verdâtre des jours d'automne, mais ces quais plantés de longs arbres pensifs, mais ces hautes et antiques façades que déjà rosit la lumière du soir, et, sur l'eau, ces chalands mélancoliques arrêtés à quai ; enfin, tout le long du trottoir, accrochés au parapet, les étroits étals des bouquinistes parisiens. Au loin, on aperçoit le profil bleuté du Pont-Neuf aux belles arches. Au-dessus de tout cela s'étend un grand ciel mauve et jaune. Oui, c'est bien Paris, nul n'en douterait. On pourrait s'en tenir là.

Seulement, ce qui fait le génie de cette toile, c'est autre chose. Ce qui dit vraiment Paris, la vie propre à Paris et non un décor figé, c'est l'introduction systématique, diabolique, extravagante d'une multitude de minuscules personnages en action, qui déambulent ou stationnent sur toute la longueur du quai, envahissant les trottoirs, traversant la chaussée, filant vers des lointains. Le peintre s'est contenté de les représenter presque schématiquement d'un petit trait noir pour le corps, à peine agrémenté de deux petits traits noirs pour les jambes, ou d'un chapeau approximatif posé sur la tête. Et parfois, en fonction de l'éloignement et de la perspective le trait noir est réduit à un simple point. C'est leur seul mouvement, ou, au contraire, leur immobilité, qui caractérise les personnages. Ils sont partout, ils vont partout, marchent, courent en tous sens. Et peut-être ce fourmillement de petits êtres anonymes, menant chacun leur vie, poursuivant fiévreusement leur histoire particulière, exprime-t-il le mieux l'âme de Paris. Le caractère unique de cette agitation et de cette solitude. Car ils sont seuls, étonnamment seuls, ces passants, parfois, mais rarement, allant par deux, tout en constituant à eux tous une foule, si disséminée soit-elle. Et c'est cela, cette fébrilité de solitaires que le peintre a réussi à rendre, en contraste avec l'immobilité solennelle du cadre qui les entoure.

Ils semblent tous si pressés ces homoncules, si occupés du désir d'aller ici ou là. On ne sait pas, nous spectateurs, où ils vont, ce qu'ils font, qui ils sont. Ils se ressemblent, dirait-on : pourtant chacun a son histoire particulière et c'est un bonheur de l'imaginer en suivant le regard du peintre !

Ici, il y a le flâneur en veine de conquêtes, élégant chapeau, soupçon d'écharpe blanche et démarche hésitante : va-t-il aborder la jeune femme qui s'attarde à la devanture du bouquiniste. Il n'est plus qu'à un pas : il va suffire qu'à cet instant elle se retourne… Ces deux-là vont s'entendre. Tandis qu'un peu plus loin un amateur de livres fouille fiévreusement dans la boîte emplie de merveilles : il a absolument besoin de ce livre pour terminer sa thèse ; rien d'autre ne l'intéresse. Encore plus loin, debout, immobile (son corps n'est plus qu'un trait vertical), un rêveur regarde la Seine, mais, perdu dans sa méditation, on dirait qu'il ne voit rien, c'est un poète et un mélancolique. Ici, un homme qui s'ennuie reste planté, hésitant devant l'étal du bouquiniste, en attente d'une distraction, quelle qu'elle soit. Là, un homme au pas traînant traverse la chaussée, mais il n'a pas l'air de savoir pourquoi : il a déjà oublié où il devait aller… Mais une femme en rouge – seule note de couleur parmi tous ces personnages en noir –, debout toute droite sur le trottoir central, l'œil au guet, semble attendre quelque chose, ou plutôt quelqu'un. Peut-être bien l'homme pour lequel elle a mis cette robe rouge, cette robe clinquante qui lui va si bien… Ah! Le soin qu'elle a pris aujourd'hui de sa toilette pour retrouver l'homme qu'elle aime! Quelle idée de se retrouver là et pas dans un café, ou chez elle… Mais cela c'est leur histoire. N'est-ce pas lui qui arrive de l'autre côté de la chaussée, lui qui bouscule ce monsieur et cette dame dans sa hâte d'arriver à l'heure? Comme il se dépêche et comme elle l'aime de se dépêcher! Il lui fait signe… Lui aussi l'a tout de suite vue et qu'ils sont impatients de se retrouver! Vite, qu'elle traverse, ils n'auront plus qu'à prendre, comme Léon et Emma, ce fiacre vide qui attend au bord du trottoir… Des fiacres, il y en a deux à stationner, en fait, drôles de petites caisses noires, à peine dessinées par le peintre. Mais déjà une grosse dame en deuil s'approche du premier, l'air affolé, tenant un mouchoir devant ses yeux; nos amants prendront le second, ils ont la vie devant eux, et ils sont si heureux. La dame pressée, elle, court à un enterrement.

Sur le même trottoir, tout en bas de la toile, à son extrême gauche, on voit deux silhouettes de femmes, debout toutes proches l'une de l'autre; on remarque leurs longues robes, leurs chapeaux, les petits pieds élégants de l'une des deux. Elles bavardent avec passion, dans un face-à-face intense. Que peuvent-elles bien se dire, ces mondaines, pendant que tous les autres s'agitent, marchent, courent, prennent des fiacres, filent vers leurs affaires, leurs amours ou leurs rêves ? Que se chuchotent-elles ? Rien peut-être : l'adresse d'une modiste ? Le dernier cancan qui court sur leur amie Gabrielle ? La maladie incurable de leur voisin ? Ce que l'on raconte du nouveau ministre ? Ou l'une fait-elle à l'autre, tout à coup, comme ça, dans l'émotion, le récit déchirant d'un chagrin intime : la trahison d'une mère ? L'abandon d'un mari ? Confidence accueillie par l'autre avec une sympathie factice, une sorte de gourmandise maligne, tandis qu'autour d'elles passe la foule. Ainsi va le monde.

Étranges toutes ces histoires concomitantes. Cet unanimisme violent. Vision cependant sans drame pour le peintre. Juste une mélancolie pleine d'humanité à la mesure des couleurs qu'il a choisies. Marquet a su représenter mieux que personne Paris, sa beauté, sa diversité, mettre en évidence ce mélange de gravité et de grâce frivole. Nul doute qu'il a véritablement donné ici aux « petits personnages » leurs lettres de noblesse.

Fantaisie sur
La Seine vue du quai des Grands-Augustins,
Albert Marquet, vers 1906

VALLOTON.22

UNE PAUSE

Sur l'image on voit une route, un paysage méditerranéen, sans doute français, peut-être dans le Var. Sur la hauteur une chapelle blanche, très simple, de facture contemporaine. Autour de ce bâtiment des pins, des cyprès sous un ciel d'été d'un bleu orageux. On devine que la chaleur est intense. Justement, une femme, accotée au muret qui borde le côté gauche de la route, semble s'être arrêtée là pour une sorte de pause. Extérieur au paysage, ce personnage devient pour le spectateur essentiel, et concentre vite tout l'intérêt.

C'est une femme jeune, très mince, vêtue d'une austère robe noire à manches longues qui descend jusqu'à ses pieds, et sur laquelle elle porte un long tablier de toile bleue, comme on en met pour jardiner. Elle est coiffée d'un très simple chapeau de jardin en forme de canotier dont le seul but visiblement est de protéger du soleil.

En fait, Madeleine est une religieuse, encore novice, qui s'est échappée un moment du jardin où elle travaillait au potager pour venir rêver un peu sur cette route déserte, à cet endroit qu'elle apercevait depuis le couvent, ce beau tournant de route d'où elle échapperait un peu à la communauté et pourrait apercevoir le petit village qu'elle ne connaît pas.

Elle porte encore son tablier de jardinière, serré à la taille, son chapeau de soleil rustique. Elle s'est comme évadée quelques minutes. Elle ne rencontrera personne, surtout à cette heure, en plein cagnard, avec cet orage qui menace. Appuyée toute droite au muret dans l'air vibrant de chaleur, à demi assise sur le bord (heureusement que la mère supérieure ne la voit pas), ses deux mains que cachent presque les manches longues en appui sur la pierre de chaque côté de son corps, le visage levé vers le ciel d'un bleu violent, elle a le sentiment d'enfin respirer.

Elle n'a eu qu'à dévaler la pente depuis la chapelle. Les sœurs ne se sont aperçues de rien. Le vieux jardinier non plus. Le chien n'a pas bougé, endormi à l'ombre d'un pin.

Comme elle est bien ici. Elle a eu soin de s'installer à l'endroit précis où le petit mur projette un semblant d'ombre sur le bas de son corps tandis que le haut se gorge de lumière, de chaleur bienfaisante. Elle n'a pas peur de la chaleur, elle la sent irradier en elle. Cette chaleur qui pénètre si profondément la route que la terre ocre se fend, s'ouvre en longues fissures. La pierre blanche du muret éblouit, et la chapelle et les maisons crépies d'or pâle étincellent. La végétation d'un vert sauvage n'est qu'un cri de vie qui oppresserait presque tant il est violent.

Mais la jeune femme n'a pas peur de cette violence. Au contraire. Quelque chose en elle la chérit, l'accueille. Elle n'est pas comme les autres religieuses, là-haut, qui fuient ces excès, se réfugient dès l'été dans l'ombre du cloître et de la chapelle, dans la douceur des psaumes et le grelottement plaintif de l'harmonium.

« Toi, Madeleine, lui disait autrefois sa mère, tu es une sauvage, ma petite fille ! » Elle lui reprochait ses emportements, et jusqu'à l'excès des manifestations de sa foi. Elle espérait que le couvent la calmerait. Après tout, peut-être que, matée, cette fille indocile ferait un jour une bonne religieuse.

Cet après-midi, agenouillée dans le potager, les mains dans la tendresse de la terre, Madeleine ne priait pas, mais, voluptueusement, travaillait, arrachait les mauvaises herbes, creusait avec amour le lit offert aux jeunes pousses. Quand la sœur économe est passée – de sa petite démarche altière, l'œil vif –, qu'elle l'a vue ainsi penchée vers la terre et toute perdue de plaisir dans sa besogne, elle s'est exclamée que c'était trop, ma sœur, qu'il convenait de laisser ce travail au jardinier. Qu'elle s'épuisait. Que c'était péché. Qu'elle allait en référer sans plus tarder à la mère supérieure.

Alors la petite novice avait éclaté de rire. C'était plus fort qu'elle, elle avait ri. Et la sœur économe s'était retirée, offensée de ce qu'elle avait vu et aussi entendu.

C'est juste après cela que Madeleine avait été prise de ce soudain désir de descendre sur la route qu'elle savait là, en contrebas du couvent, d'y aller comme ça, toute seule. Pour être tranquille. Loin des autres. Loin de la pesanteur du couvent. Elle devait penser en toute clarté à ces choses graves, qui maintenant venaient de plus en plus souvent la tourmenter. Ces questions angoissantes auxquelles il devenait urgent de répondre. Pourtant, quand elle était arrivée, deux mois plus tôt, tout semblait simple. « Rien ne presse, lui avait dit la mère supérieure de sa voix douce, tu prendras ta décision en toute conscience, mon enfant, tu as le temps… » Mais non, maintenant, elle n'a plus le temps. Elle le sait bien.

Il y a sur cette route solitaire, dans la splendeur de cette terre rousse, craquelée, ivre de chaleur, quelque chose qui l'appelle, qui appelle son petit corps maigre, ignorant de la vie, cette vie qui semble autour d'elle comme exploser dans la magnificence des arbres et des buissons ivres de sève, la puissance vertigineuse d'un ciel en fusion.

Elle voudrait, la petite novice, oui, c'est ce qu'elle souhaiterait tout à coup du fond du cœur, du plus profond de son âme, que soudain un homme passe sur la route, la voie, la reconnaisse pour sienne, l'emmène. Ah ! Comme elle le suivrait celui-là ! Oui, cette folie, elle la ferait.

Et, tout doucement, voilà que la décision si difficile à prendre lui arrive. Lumineuse. Absolue. Elle n'est pas faite pour la vie de recluse. Elle le sent. Elle le sait. Et la douceur qui s'empare d'elle est comme divine.

Alors, de toute sa ferveur, de sa foi intacte, elle remercie Dieu.

Fantaisie sur
la *Route à Saint-Paul*,
Félix Vallotton, 1922

L'INDISCRÈTE

C'est un tableau post-impressionniste, très lumineux, qui représente dans le jardin verdoyant d'une maison bourgeoise la table mise pour un petit déjeuner à deux, sur une terrasse close d'un léger parapet. De chaque côté de la table, installés face à face, deux fauteuils de jardin, simples mais accueillants, au dossier et aux accoudoirs vert clair, à l'assise paillée. Sur la table une nappe blanche, deux tasses de porcelaine, une cafetière et une théière d'étain, et près du couvert de gauche une carafe qui semble contenir de l'alcool – marc, ou cognac –, et près du couvert de droite, dans un vase de verre, un bouquet de roses rose. À voir la lumière qui se joue sur le mur de la maison au fond du tableau et sur le sol de la terrasse, il est peut-être dix heures du matin.

C'est une journée d'été qui commence, et semble-t-il, une journée de bonheur. Qui peut habiter là ? Un couple heureux, un artiste, peut-être, et sa femme. C'est elle, sans doute, plutôt qu'une servante qui a dressé cette table pour les accueillir tous deux, tant on y sent d'intelligence complice.

Or il arrive quelque chose, ou plutôt quelqu'un. À l'extrême droite du tableau, presque en surimpression à ce décor idyllique, apparaît, derrière la petite barrière, superflu et indiscret, un personnage, un petit personnage, la frêle silhouette d'une jeune fille en blanc, à la mode de ce tout début du XXᵉ siècle, longue robe serrée à la taille, manches longues, chapeau d'été, et elle reste là, debout derrière la petite barrière, à contempler la jolie table. Elle tombe mal, on dirait.

Elle ne savait pas. Elle ne pouvait pas savoir. Ces gens, Lucie ne les connaît pas vraiment. On lui a dit qu'un peintre habite cette maison depuis deux ou trois ans, qu'il est réputé ; il donne des leçons, paraît-il, et elle, qui vit depuis toujours dans la petite ville avec sa famille, ça l'intéresse : elle veut faire de la peinture et ses parents sont d'accord. Elle a écrit à ce monsieur. Le peintre lui a répondu gentiment de passer un matin, qu'ils parleraient, elle et lui. Qu'on verrait.

Elle est venue. Et voilà qu'elle est là, la servante l'a faite entrer : « Monsieur et madame ne vont pas tarder, ils sont au jardin… »

Lucie est tout émue, interdite à la vue du joli couvert mis pour deux, du bonheur de vivre qu'il révèle, de l'amour, sans doute, qui unit ce couple que même la parole de la servante ne sépare pas : *ils sont au jardin*, a-t-elle dit. La jeune fille se reproche d'être venue trop tôt ; on se lève tard dans cette maison, ce n'est pas comme chez ses parents : père à l'office notarial dès huit heures, et pas question de petit déjeuner au soleil avec sa femme et encore moins avec sa fille. Non, ce genre de vie, elle ne le connaît pas. C'est dans les romans.

Elle est plantée là, dans sa robe de mousseline blanche toute simple, sous son petit chapeau de paille que ceint une légère écharpe blanche. Une jeune fille de bonne famille en tenue d'été. C'est comme cela qu'ils vont la voir, en arrivant, le peintre et sa femme, la juger au premier coup d'œil. Une petite bourgeoise qui se mêle de faire de la peinture.

Elle attend, debout derrière la petite barrière. Elle regrette déjà d'être venue : elle n'est pas à sa place ici, surtout à cette heure. Peut-être est-il encore temps de faire machine arrière, de disparaître ? Ce que pensera la servante ne la gêne pas ; elle dira qu'elle s'est trompée de jour, qu'elle reviendra…

Mais, plus forte qu'elle, agit la séduction de cette table amoureuse, de la lumière estivale qui sème ses ocelles sur la nappe, joue sur ce fauteuil où elle aimerait tellement s'asseoir, être celle qu'on attend…

Fantasme de quelques secondes, qu'interrompt la brusque arrivée du peintre. Lucie est tellement saisie qu'elle balbutie son nom, s'excuse d'être entrée, mais comme il lui avait dit de passer…

Il rit. C'est un homme encore jeune, une quarantaine d'année, mince, très à l'aise, une petite barbe élégante. « Mais oui, je me souviens parfaitement ! Vous avez bien fait de venir. Entrez, et asseyez-vous ! Vous avez déjà déjeuné ? »

C'est seulement alors qu'elle remarque l'absence de la femme du peintre qu'elle s'imaginait voir arriver avec lui. Mais déjà il poursuit : « Ma femme vient d'être appelée en ville. Elle sera désolée de vous avoir manquée… Installez-vous donc, mademoiselle ! Moi j'ai grand-faim ! C'est qu'il est déjà dix heures ! Vous voyez, ici nous faisons tout à rebours des autres ! »

Elle sourit déjà conquise, rose de plaisir, s'assied dans le fauteuil vert qui depuis tout à l'heure lui tendait fallacieusement les bras.

« Thé ou café ? », lui demande le peintre, et c'est comme un conte de fée. Même les roses, on dirait qu'elles sont là pour elle. Elle sourit pour elle-même à cette pensée.

Elle est tellement, mais tellement heureuse ! Comment aurait-elle pu imaginer que les choses se passent ainsi ?

« Ainsi, vous voulez devenir peintre ? lui dit l'homme assis en face d'elle, tout occupé à verser du café dans chacune de leurs deux tasses. « C'est bien Lucie, votre prénom, mademoiselle ? Beau nom pour un peintre ! »

Il la regarde à ce moment peut-être pour la première fois et la trouve bien jolie.

C'est sans doute ainsi que l'histoire commence, dans ce regard, et ce tableau en sera à jamais le souvenir.

Fantaisie sur
La Table dans le jardin à Gerberoy,
Henri Le Sidaner, 1904

LA FILLE AU PARAPLUIE

La scène représente un faubourg sous la pluie. Celui sans doute d'une ville du nord, à la fin du XIXe siècle. Le ciel est uniformément gris. Des maisons blafardes barrent l'horizon, surmontées à gauche d'un pâle clocher. La chaussée noyée de pluie est semée de flaques inégales aux sinistres reflets. Un réverbère, à droite, dont la cloche de verre est éteinte. La faible luminosité du jour est celle d'un matin d'automne ou d'hiver pluvieux. Il est peut-être treize heures.

Quelques personnes à pied, et un fiacre dont la capote est bien sûr baissée sur ses occupants avancent sous la pluie. Ce sont là des gens qui rentrent chez eux, à n'en pas douter.

Peut-être sont-ils allés au marché local qui ne doit pas avoir lieu tous les jours et qu'il ne fallait pas manquer. Les piétons cheminent en silence les uns derrière les autres. Le cocher du fiacre ne parle pas à ses passagers. Le temps ne se prête guère à la conversation.

Le peintre s'est contenté de donner à ces petits personnages des silhouettes approximatives, vêtues de sombre. Des ombres sous la pluie. Aucune ne retient l'attention. Sauf le personnage de la femme au parapluie qui figure en avant des autres et dont le dessin est plus fouillé. C'est lui qui nous interpelle. Lui peut-être qui tranche sur la tristesse ambiante par la vie qu'il dégage.

Sous le grand parapluie noir largement ouvert qui l'abrite, on distingue seulement une petite tête à la coiffe blanche étroitement ajustée. Quelque chose dans la façon de tenir son parapluie un peu à l'arrière de sa tête, à la japonaise, indique un semblant de coquetterie, en tout cas de jeunesse. Elle est grande, mince sous une longue pèlerine qui ne parvient pas à la grossir et découvre quand elle marche un long tablier blanc.

C'est une jeune bonne qui revient du marché où elle a dû aller faire les courses sur ordre de la cuisinière de la maison bourgeoise qui l'emploie. Elle patauge désagréablement dans les flaques et pense avec humeur qu'elle est en train de gâter ses souliers, la seule bonne paire qu'elle possède. Elle est fatiguée. Encore heureux qu'elle n'ait rien de lourd à porter : les marchands livreront tout à l'heure chez ses patrons ce qu'elle a commandé.

Mais elle peste en songeant à cette matinée perdue à discuter les prix avec les paysans comme Madame exige qu'elle le fasse. C'est elle qu'elle craint, bien sûr, plus que la cuisinière. Il faut voir le regard bleu de la dame quand elle vérifie les comptes ! « Je vous avais dit, Mariette, la somme à ne pas dépasser… Vous savez pourquoi je vous ai embauchée. Si vous ne voulez pas retourner à la ferme de vos parents, faites attention ! » Bien sûr que non, Mariette ne veut pas rentrer à la maison. Plutôt mourir ! Cela elle le sait. Il n'en reste pas moins qu'elle revient du marché avec ses chaussures abîmées et le bas de sa robe trempé.

Si seulement elle avait accepté la proposition de ce jeune monsieur dans le coupé qui l'a dépassée tout à l'heure… La voyant sous la pluie, il lui avait souri et offert de la déposer chez elle. Où allait-elle ? « Avenue Louise ? J'y passe justement. » En plus, il était assez joli garçon… Elle aurait bien aimé accepter, elle a hésité ; mais, au dernier moment, alors qu'elle avait déjà posé une main sur le bord de la voiture hospitalière, elle a refusé. Quelqu'un du voisinage aurait pu la voir, parler à ses patrons. Les gens sont si méchants. Il ne faudrait pas qu'elle perde sa place et soit obligée de rentrer chez ses parents… Alors, tout en rageant contre le cours des choses, elle a retiré son geste et continué d'avancer sur la route boueuse, serrant d'une main le col de son manteau contre sa poitrine et de l'autre tenant ferme son grand parapluie.

Ah, s'il fait beau, demain, c'est congé, elle ira peut-être en ville ! Elle mettra sa robe noire, la meilleure, celle qui a un col de dentelle. Et son chapeau, celui avec les cerises. Elle a horreur de la coiffe ridicule qu'elle porte pour travailler sur ordre de Madame. On se demande pourquoi cette femme y tient tellement. Heureusement que les jours de congé, habillée comme elle l'entend, Mariette n'est une bonne pour personne.

Peut-être que ce monsieur si aimable a retenu l'adresse de ses patrons… Elle a bien dit au bout de l'avenue Louise ? Ou non ? Elle ne sait plus. Si seulement… Peut-être qu'il voudra la retrouver ? Peut-être qu'il passera là par hasard ? À cette pensée elle avance déjà un peu plus vite.

Tout à l'heure, en arrivant, elle mettra ses chaussures à sécher près du poêle de la cuisine. La cuisinière ne protestera pas et Madame n'en saura rien. Madame déteste voir des chaussures traîner dans la cuisine : elle devrait pourtant savoir combien, dans la chambre de Mariette, là-haut, il fait froid et humide. Alors, en rentrant, elle va vite arranger l'affaire avec la cuisinière. C'est une brave femme, cette Marthe, même si elle n'est pas très fine. La prochaine fois que Mariette ira à la ferme de ses parents, le prochain dimanche de fête, elle lui rapportera un pot de beurre. Ça, c'est le genre de dépense que le père accepte de faire pour sa fille. Davantage pas, c'est sûr. Il n'attend qu'une chose, c'est qu'elle soit casée, qu'elle ait un mari, car pour ce qu'elle rapporte avec son misérable salaire !

Et la petite bonne rit d'un rire malin, un peu triste. Elle en sait, des choses sur la vie. Elle a vite appris. Mais tout ça n'est pas grave. Tout à l'heure, elle sera au chaud. Son sort n'est pas si mauvais, après tout. Et « demain est un autre jour », comme disait autrefois la maîtresse avec un joli sourire, pour consoler les petites filles d'une mauvaise note, au temps heureux de l'école. Mais vient-il jamais, dans la vie, cet autre jour ?

Fantaisie à
Ixelles, matinée pluvieuse,
Guillaume Vogels, 1883

ESCAPADE

Nous sommes sur une terrasse de Montmartre aménagée en observatoire pour des visiteurs désireux de voir Paris d'en haut. Le peintre, lui, ne nous montre pas le panorama ainsi dévoilé – qu'il se borne à suggérer dans un lointain bleuté – mais bien les curieux venus l'admirer, et la terrasse sur laquelle ils se trouvent. Elle surplombe, à gauche, une guinguette apparemment fermée, que doivent éclairer le soir quatre hauts réverbères à présent éteints.

Sur la terrasse il n'y a que trois visiteurs, deux hommes debout conversent en regardant le paysage, et, assise à l'écart, une vieille femme semble en contemplation. Cependant le lieu offre, en hauteur, un observatoire supplémentaire, un échafaudage de bois protégé de rambardes, sur lequel se tiennent un homme et une femme, visiblement un couple. À voir la maigre végétation de la pergola de la guinguette, et la manière dont sont vêtus les personnages, on est en automne. Un grand ciel gris occupe la moitié supérieure du tableau ; le soleil projette timidement sur le sol l'ombre des cannisses qui bordent la terrasse ; il est peut-être dix heures du matin.

Ce n'est ni la saison, ni l'heure habituelle des visites. On se demande ce qu'ils sont venus faire là, ce monsieur et cette dame qui ont tenu à grimper sur l'observatoire le plus haut, et qui, appuyés tendrement l'un à l'autre, semblent assez indifférents au spectacle de la ville. Ils sont grands, élégants, ce ne sont pas des provinciaux venus en touristes, comme les deux messieurs de la terrasse avec leurs manteaux à carreaux, mais des Parisiens. Est-ce dû à leur position élevée, perchés sur cet échafaudage, on dirait que c'est à eux que le peintre s'intéresse, plus qu'aux personnages du niveau inférieur. La perspective choisie les place d'ailleurs plus haut que les grands réverbères : on les dirait en plein ciel et ils y sont seuls. C'est peut-être cet isolement qu'ils sont venus chercher ? Finalement, c'est eux qu'on remarque, eux qui nous intriguent.

Nous ne les voyons que de dos, lui avec son haut de forme et son pardessus noir est un homme de la bonne société ; comme elle, svelte dans son manteau gris-bleu ajusté, son petit chapeau noir posé crânement – quel dommage qu'on ne voie pas son visage ! – est une femme du monde.

La tendresse qui les lie est évidente, ils sont serrés l'un contre l'autre plutôt qu'appuyés ; lui semble la tenir étroitement par le bras, mais on ne voit pas très bien, tant leurs silhouettes de dos sont mêlées. Peut-être aussi veillent-ils à la discrétion de leur attitude. Non, il ne s'agit pas d'un couple légitime. S'ils sont venus ici, c'est dans la certitude qu'ils n'y rencontreront personne de leurs connaissances. Ce n'est pas le genre de sortie qu'on pratique dans leur milieu. Mais c'est l'une des seules qu'ils peuvent s'autoriser, et ce voyage dans un quartier qui n'est pas le leur est pour eux doublement un bonheur. En fait, chaque instant qu'ils parviennent à passer ensemble et seuls est un plaisir rare.

Parlent-ils ? Nous ne le savons pas. Le peintre non plus, qui se contente de les regarder, de nous faire entrer dans leur secret. S'ils parlent, c'est à mi-voix, si proches l'un de l'autre qu'il leur suffit de murmurer. D'ailleurs, ils sont de ceux qui n'ont pas besoin de parler pour se comprendre. Comme les visiteurs d'en bas, ils feignent de regarder le paysage. Mais le voient-ils seulement ? Ils sont tellement occupés de leur présence l'un de l'autre. On peut imaginer que ces amants n'ont pas de lieu où se retrouver, ni chez elle, ni chez lui : sans doute sont-ils l'un et l'autre mariés, mal mariés, et victimes de quelque situation sans issue. Oui, il y a quelque chose de dramatique et de fragile dans ce couple, qui risque de ne pouvoir rêver encore bien longtemps au-dessus de la réalité. Pour eux, venir ici, c'était une délicieuse escapade, peut-être la dernière.

Amusant de comparer les destins des visiteurs de cet observatoire, ceux d'en haut et ceux d'en bas. Les deux hommes en conversation joviale en bas, qui sont-ils ? Des collègues de travail profitant d'un jour de congé ? Des provinciaux venus visiter Paris ? L'un porte un manteau à grosses rayures, l'autre un pardessus jaunâtre. Ils ont l'un et l'autre sur la tête un chapeau très ordinaire. Ils admirent, commentent la vue, s'exclament, plaisantent bruyamment ; et s'ennuient un peu. Ils trouvent qu'il fait froid pour la saison, qu'avec cette brume on ne voit presque rien et que ce n'est pas de chance. Mais ils auront tout de même quelque chose à raconter au retour à leur entourage.

Et puis, il y a cette vieille dame, là-bas, toute seule, assise sur un banc, perdue on dirait dans la contemplation du paysage. C'est ça qu'elle venait chercher ici, faute de mieux, regarder, rêver, se souvenir. Un pèlerinage peut-être ? L'envie lui en était venue comme ça, tout à coup, ce matin d'octobre. Mais à présent elle a froid, en dépit du grand châle jeté par-dessus son manteau. Elle se tient un peu voûtée, elle est fatiguée et triste. C'était une mauvaise idée d'être venue là, par ce temps maussade. La visibilité est insuffisante, mais ce n'est pas gênant, au contraire, elle connaît par cœur le paysage. Elle n'a pas besoin de voir pour se rappeler. Car se rappeler, c'est bien ce qu'elle est venue faire. Pourtant ça ne se passe pas comme elle l'avait imaginé. L'effet est inverse de celui qu'elle cherchait… Peut-être a-t-elle présumé de ses forces, de ses capacités.

Comme elle a vieilli ! Comme elle est lasse ! La dernière fois qu'elle était montée ici, elle était rentrée chez elle tout heureuse de son petit voyage, comme régénérée. Aujourd'hui, au contraire, elle en est détruite. Elle s'est sentie tellement seule. Tellement étrangère au monde des autres, par exemple à celui de ces deux hommes, là-bas, qui parlent fort, ricanent bêtement et paradent dans leurs manteaux voyants. Elle ressent leur présence comme une agression personnelle. Mais elle a éprouvé plus péniblement encore, pour des raisons bien différentes, la rencontre de ce couple d'amants, tout à l'heure, cet homme et cette femme qui sont passés devant elle avant de gagner l'observatoire du haut… Le regard apitoyé qu'avait eu pour elle la jeune femme, le joli sourire qu'elle lui avait adressé ! Elle, dans sa solitude, en les voyant tous les deux si heureux, c'est un passé très ancien qu'elle retrouvait et qui lui a serré le cœur. Non, il ne faudra plus revenir ici. Jamais.

Le peintre, lui, s'est amusé de ces rencontres de hasard, de l'insolite de ces destins curieusement réunis en un même lieu ; il s'est enchanté de la mélancolie du décor, de la poésie de cette atmosphère automnale. Il a aimé cette guinguette fermée, cette terrasse déserte, cet observatoire perché pour amoureux en détresse. Il en a fait un rêve, qu'il soumet à notre imagination.

Fantaisie sur
la *Terrasse et observatoire au Moulin de Blute-Fin,*
Vincent Van Gogh, 1887

LA VISITE

Le tableau représente une ruelle de village écrasée de soleil, en plein été. Sur la droite les murs du parc d'une propriété envahie d'une végétation débordante de vie. De grands arbres d'un vert profond semblent toucher le ciel intensément bleu. Avance au cœur de cette splendeur un très petit personnage, une modeste personne qui porte un sac noir sur le bras.

Sortir sous ce cagnard, quelle idée ! pense-t-elle. Pourquoi n'a-t-elle pas dit non à cette dame qui l'invitait aimablement à passer dans l'après-midi, pour faire connaissance, disait-elle ! Et elle, quel besoin de s'être mise en route si tôt ? Elle aurait pu attendre cinq heures, que la chaleur soit un peu tombée. Rien ne la pressait. *Venez quand vous voulez, à l'heure qu'il vous plaira*, lui avait-on dit : c'est bien d'une artiste des mots comme ça… De quoi vous mettre dans l'embarras, c'est tout !

Intimidée malgré elle, elle s'est habillée avec soin pour la visite. Elle a choisi une tenue simple, à peine endimanchée, qu'elle espère adaptée à la situation. Ces nouveaux voisins, elle ne les connaît pour ainsi dire pas : le mari est artiste peintre, paraît-il, un grand type maigre, plutôt taiseux, qu'elle n'a fait qu'apercevoir. Heureusement, il ne sera pas là cet après-midi, d'après sa femme. Elle, une personne plutôt aimable, mais avec ces manières dégagées qui sont celles de Paris, où l'on cause avec tout le monde, comment savoir ? Et puis cette allure bohème, des robes floues, des cheveux courts, du maquillage en veux-tu en voilà… Et de drôles de petits chapeaux, « cloches », comme on les appelle. Moi j'ai mis mon chapeau de paille : ils penseront ce qu'ils voudront.

Je lui apporte, à cette dame, un pot de confitures d'abricots maison. J'espère qu'elle appréciera. Qu'elle ne va pas trouver malhonnête ce genre de cadeau ? Les confitures, je sais qu'elle aime ça : elle en cherchait au marché, le jour où je l'ai rencontrée.

C'est elle qui est venue à moi, bien sûr. Personnellement, je n'aurais jamais osé : « Excusez-moi, elle m'a dit, je crois vous reconnaître : je vous ai aperçue dans votre jardin… Je suis votre voisine depuis peu… Je m'appelle Marthe… Mon mari est peintre. Moi, je ne fais rien (et elle a ri en disant ça)… Je serais heureuse que vous passiez me voir ! »

Ça s'est passé de cette façon, tout simplement. Jules m'a bien sûr dit que j'étais folle d'accepter les avances de ces gens qu'on ne connaît pas, cette clique d'artistes (il arrive en effet du drôle de monde, à la maison d'à côté, en voiture et par le train, des chics et des pas chics)… Jules a peut-être raison, mais, moi, j'aime bien savoir avant de juger.

Et puis je suis curieuse de voir ce qu'il peint, ce Bonnard ? Boudard ? Elle m'a dit, un nom comme ça, Marthe. Puisqu'elle s'appelle Marthe, cette dame… Mais je n'oserai jamais me servir de son prénom ni lui donner le mien, si ridicule, de Marie-Thérèse.

Quelle chaleur ! J'aurais dû rentrer ma lessive avant de partir. Dieu sait à quelle heure je serai revenue avec tout ça, je vais trouver mon linge tout sec.

Ils n'ont pas d'enfant, je crois. En tout cas je n'en ai pas vu. Mais ils sont jeunes tous les deux, surtout elle. J'ai eu comme l'impression qu'elle s'ennuyait… Pour aller chercher la compagnie d'une femme simple comme moi qui n'ai même pas fréquenté l'école jusqu'au certificat ! Tandis qu'eux, lui et sa femme, on voit bien qu'ils sont éduqués, qu'ils ont de l'instruction...

« Elle est belle, madame, votre maison, m'a-t-elle dit tout à coup, ce jour où je l'ai rencontrée, sur le marché, sans même que nous ayons été présentées. Vraiment belle. D'un ocre-jaune magnifique selon mon mari, qui l'a tout de suite remarquée en arrivant. » Peut-être qu'il va vouloir en faire un tableau ! Elle n'est pourtant pas élégante, ma maison. Les artistes ont de ces idées... Jules me l'a bien dit. C'est à ce moment, juste après m'avoir parlé de ma maison, qu'elle m'a invitée à passer chez elle aujourd'hui. Et puis elle a filé. Bizarre non ?

Il paraît qu'il adore le jaune, son mari. Qu'il en met toujours dans ses tableaux. Moi qui trouve si usé le crépi de notre maison ! Je suis curieuse de voir les tableaux de ce monsieur. Peut-être qu'elle me les montrera. Mais ce sont sûrement de ces choses modernes auxquelles on ne comprend rien. Il vaudra mieux que je ne fasse aucun commentaire.

Ah ! Je suis fatiguée : c'est qu'il fait si chaud et la rue monte un peu. Plus que quelques pas avant de trouver la petite porte de leur jardin après ce long mur ! Il est bien clos, le jardin des voisins : comme un paradis, m'a dit Marthe, un vrai paradis ! Pourtant, ce ne sont que des arbres et des buissons, ai-je pensé. Enfin, s'ils aiment ça. Mais j'ai seulement souri : elle est gentille, finalement, cette petite, même si elle a de drôles de manières.

Fantaisie sur
La Ruelle à Vernonnet,
Pierre Bonnard, 1912

LE RETOUR DES COMÉDIENS

C'est un paysage de banlieue, l'hiver, tôt le matin. Triste. Vide. On reconnaît, au fond, la succession des ponts d'Asnières ; le premier encadre le tableau, l'enferme. Un petit train gris, sans doute le plus matinal, passe, surmonté d'un panache de fumée. Le ciel est jaunâtre, la lumière diffuse, la Seine couleur absinthe.

Sur le quai que recouvre encore une neige d'un blanc sale, des canots de couleur sont amassés entre lesquels des plaques d'herbe rase ont séché : l'été est bien loin, personne ne viendra plus canoter. L'endroit est désert, hors la présence d'un couple, étrange, un homme et une femme, tout vêtus de noir, qui donnent au tableau un caractère mystérieux, inquiétant. Nous les voyons de dos, silhouettes sombres, qui avancent en direction du pont. Ils marchent côte à côte et se donnent semble-t-il le bras, bien que se tenant raides, comme étrangers l'un à l'autre. Elle porte un long manteau à capuchon noir pointu ; lui, empêtré dans une redingote noire informe, est coiffé d'un gibus fatigué.

On se demande ce qu'ils font là, à cette heure matinale, ces drôles de gens. Reviennent-ils d'un dîner qui se serait prolongé ? D'un bal tardif ? Leur mise est singulière. Ils ont l'air déguisés. Ce pourraient être des comédiens, des gens de théâtre. Quelque chose comme ça.

La femme dit quelque chose à son compagnon. Sa voix est grave et douce, un peu irréelle dans le silence : « Dieu que c'est triste ici ! Je ne me souvenais pas que c'était si moche, si triste !

– Ce n'est pas l'endroit qui est triste, c'est nous qui avons vieilli ! rétorque l'homme avec amertume. Vingt ans de plus, ce n'est pas rien !

– Toujours galant ! Tu n'as pas changé, raille-t-elle, grinçante. En tout cas on a bien fait de fausser compagnie à ces idiots… Célébrer la création du Théâtre des gueux, quelle idée ! Et sa mort cinq ans plus tard !

– Bien nommé en vérité, notre théâtre, à voir ce que nous sommes devenus les uns et les autres ! Une absurdité, ce rassemblement de ratés ! Le bal des fantômes…. Sans compter les morts et les malades… Tu les as vus ? Tu nous vois ? Gelés, fripés, pas un rond, les ambitions en berne !

– Ne sois pas méchant… Tu exagères ! Jacques est souffleur au théâtre municipal d'Asnières !

– La belle affaire ! Et Nicole, notre vedette, est caissière au Guignol du Luxembourg !

– Sois indulgent ! Comme tu te montes ! Nous aurions pu réussir… Nous n'avons pas été assez persévérants ! Nous étions si jeunes !

– Persévérants ? Le mal était fait ! Et notre couple, au milieu de cette misère, ce qu'il est devenu ! Tu trouves ça beau ?

– Tais-toi ! »

Effectivement ils se taisent. On entend juste le petit raclement de leurs pas sur la neige durcie. La femme rajuste frileusement la capuche de son long manteau.

« En plus il fait un froid de loup ! fait-elle avec dépit. Mais tout valait mieux que de supporter une heure de plus leur conversation…

– Alors pourquoi as-tu répondu à leur invitation ? lui lance-t-il.

– Peut-être que j'avais envie de te revoir, murmure la femme.

– J'espère que tu plaisantes ? Après ce que tu m'as fait ! (et lui, si pondéré d'habitude, voilà que, tout à coup, il se met à crier.) Filer avec le premier venu un peu argenté sous prétexte que nous n'avions pas de quoi payer le loyer! Et l'épouser, cet imbécile! Un comptable, pensez donc! Et moi, premier rôle raté, finir en vieux solitaire : Alceste vendeur dans une quincaillerie! C'est trop drôle!»

Il donne un coup de pied rageur dans un caillou.

Elle, timidement : « Pourtant nous nous sommes bien aimés… Tu te souviens?

– Magnifique quand tout autour de nous s'écroulait…. Nos ambitions, nos rêves…

– Nous avons été heureux…

– Heureux! Dans le mensonge!

– Tu m'en veux encore, je le vois bien!»

À ce moment, le fracas du Paris-Asnières qui passe sur le pont, surmonté d'un panache bleu, interrompt leur conversation.

« Le petit train! s'exclame-t-elle, notre petit train! Je l'avais oublié, celui-là! Tu te souviens comme nous l'aimions! Tu venais me chercher quand j'arrivais de Paris, au début, pour les répétitions, et, le soir, tu me raccompagnais… Tu te rappelles comme c'était tendre? On passait par le quai… Ah comme c'est drôle, justement ce quai où nous sommes ce matin… On n'était pas heureux? Et quand, plus tard, je me suis installée dans ta petite chambre, à Asnières, juste à côté du théâtre, tu te rappelles ? La table ronde, le grand lit, l'édredon rouge… Ce n'était pas le bonheur ? »

– … Eh bien je t'assure que ça m'a fait un rude coup ! enchaîne-t-il sans commenter la remarque. C'était toi qui revenais, la même qu'autrefois. Comme si rien n'avait changé. »

Elle frissonne sans mot dire. Peut-être s'est-elle imperceptiblement rapprochée de l'homme. Mais il ne bouge pas. On dirait qu'il ne la voit plus. Elle se blottit dans son manteau d'un mouvement enfantin, comme pour se protéger.

Ils ne disent plus rien. Et c'est elle qui, tout à coup, rompt le silence : « Avec tout ça, quelle heure peut-il être ?, demande-t-elle d'une voix détachée.

– Pourquoi ? Tu es si pressée de rentrer chez toi ? Retrouver ton comptable ? Votre petit intérieur ? »

Elle ne répond pas.

Il tire une montre du gousset de son gilet démodé et elle s'étonne en silence qu'il ait encore une montre, car elle avait bien noté, en le revoyant la veille au soir, le délabrement de sa mise. Il lui annonce qu'il va être six heures, et elle se dit très vite qu'à cette heure elle trouvera facilement un fiacre aux abords du pont, sur l'Avenue. Elle pourrait être chez elle dans une heure. Et, demain, cette soirée serait oubliée. Et plus jamais, plus jamais d'Asnières.

Lui la regarde sans mot dire. Profondément. Comme s'il devinait sa pensée.

Cette fois, c'est une usine qui, de l'autre côté du pont, crache un long jet de fumée noire et le ciel se couvre d'étranges nuages.

La femme se tourne vers l'homme qu'elle a aimé. Avant. Il y a longtemps. Qu'elle aime encore un peu. Peut-être. Il lui semble que leur amour d'autrefois, leurs ambitions déçues, le vieillissement, la mort à plus ou moins long terme, tout se mêle en une inextricable et étrange histoire.

À côté d'eux coule la Seine, mystérieuse, avec ses reflets de phosphore. On dirait de l'absinthe, pense l'ex-comédienne. On dirait un rêve. Comme notre retour. Comme la vie.

À l'extrémité du quai les anciens amants savent qu'ils vont se séparer. Ils passent devant l'amas de canots retournés pour l'hiver sur l'herbe du quai. L'éclat de leurs vives couleurs frappe dans la grisaille du décor. Comme un souvenir de l'été. Comme, pour cet homme et cette femme, l'évocation de leur passé. Ils se sourient.

Quelque chose dans le ciel s'éclaire, frémit. Un nouveau jour se lève. C'est le souvenir de cet instant, et celui-là seul, qu'ils garderont de leur rencontre. Ils ne se verront plus, mais l'ombre de leurs silhouettes de comédiens manqués, ridicules et tendres, restera ici, sur ce quai, à l'insu de tous.

Fantaisie sur
Le Pont d'Asnières,
Émile Bernard, 1887

UN BATEAU PASSE

Ils sont trois enfants au bord du canal, deux debout sur la berge, le troisième assis dans l'herbe, absorbés semble-t-il dans la contemplation d'un chaland qui passe.

C'est un joli paysage du nord, infiniment calme et lumineux, à l'heure indistincte où déjà le ciel se teinte de rose, mais où l'intense lumière de l'après-midi finissante fait se refléter comme dans un miroir l'ombre des peupliers à la surface de l'eau. Et ce bateau qui passe lentement, avec son appel au voyage, c'est le complément nécessaire de ce moment de rêve.

Le tableau aurait pu se suffire du paysage. Seulement les trois petits personnages en sont l'interprétation, et la traduction vivante pour le spectateur.

Les deux enfants debout pourraient être frère et sœur, même blondeur, même stature : des enfants du nord, très « nature », un peu sauvageons avec leurs jambes nues et bronzées, le garçon les mains dans les poches, petit gars déluré qui regarde le bateau passer avec envie : si seulement il pouvait partir, lui aussi, voyager. Elle, coquette déjà et sentimentale, s'imagine en femme de marinier. Ellc aussi voudrait bien partir, échapper à la pesante ferme familiale, et, pourquoi pas, s'enfuir sur le premier bateau. Elle n'en dit rien à son frère. Mais elle sait qu'il pense, avec un objectif un peu différent, la même chose qu'elle.

Comme ils le regardent, ce chaland ! À bord, on distingue un homme à la manœuvre, un homme encore jeune, semble-t-il ; mais déjà l'ombre bleuit sa silhouette et la rend incertaine. Longtemps les enfants l'examinent en silence. Et puis :

« Tu crois qu'il est seul ? », demande timidement la fille à son frère…

– Sûrement pas, répond dédaigneusement celui-ci. Pourquoi ? Tu veux te faire engager ? Ou bien tu rêves qu'il t'enlève ? »

La petite, vexée, ne répond pas. Elle continue à regarder le bateau qui s'éloigne, se noie dans le crépuscule.

Le garçon, c'est un bateau à lui qu'il veut avoir. Un bateau qui lui appartienne. Pour lui, partir, c'est ne dépendre de personne. Ne plus avoir à obéir, ni à son père, à la ferme, ni à un patron. Aller où il veut. Au bout du canal, partir sur un fleuve. Découvrir d'autres villes. D'autres pays peut-être…

Assis à côté d'eux, le troisième enfant se tait. Il n'écoute même pas ce que disent ses compagnons. Oui, le bateau, il l'a vu. Mais ce n'est pas cela qu'il regarde. Pas cela qui l'intéresse. Lui, c'est le reflet des peupliers dans l'eau qui le fascine. Cette longue image d'arbres qui n'en finissent pas, et plantent des racines fantomatiques dans la profondeur de l'eau immobile. Cette énigme. Qu'y a-t-il de l'autre côté du miroir ? Quelle autre vie invisible, secrète, mystérieuse ? Bien plus secrète, bien plus mystérieuse que le périple de ce chaland qui passe et qui fait tout le rêve de ses amis. Certes ils sont venus ensemble : « Si on allait au bord du canal ? », avaient dit les autres. Il était d'accord. Il est toujours d'accord. Mais ce qu'ils disent, et ce qu'ils font, les autres, ces deux-là et les autres, tous les autres, l'ennuie. L'ennuie tellement. Il n'est pas assez fort pour le dire. Un jour peut-être, quand lui-même en saura davantage sur le mystère qui est en lui.

Il s'est laissé glisser sur l'herbe, et il reste là, assis, à regarder l'étrange reflet dentelé, aérien, des arbres dans l'eau. Il songe à des profondeurs aquatiques, des gouffres, d'abyssales images de grottes inconnues ; il imagine de somptueuses couleurs, des verts jamais vus, des fragrances bizarres de vase et de flores marines. Le pays d'ailleurs. Celui de l'après-vie. Un jour, s'il le peut, quand il sera grand, il peindra cela, il donnera corps à ces fantasmagories, elles existeront pour lui, pour d'autres, et les choses enfin diront leur vérité.

Lui aussi il habite une ferme. La ferme voisine de celle de ses amis. Il y est malheureux, bien plus malheureux qu'eux ne le sont, ou croient l'être. Lui ne court pas les champs, ne rêve pas d'aventures, ni terrestres, ni maritimes. Et la vue d'un chaland ne le fait pas rêver. Mais il les comprend, ses petits voisins, et les aime bien. Même s'ils l'ennuient un peu. Et eux, s'ils le considèrent comme un drôle d'oiseau, taiseux, étrange, ils l'acceptent ; parce que tous trois appartiennent encore au royaume d'enfance où l'on est pour un temps fraternels. Amis. En dépit des différences.

En cet instant, cependant, et pour la première fois, comme ils sont déjà loin les uns des autres. Comme approche le moment où leurs escapades d'enfants au bord du canal ne seront bientôt plus qu'un lointain souvenir.

Passe le bateau. Passe le temps. Viendra un jour où ils ne se connaîtront plus. Où ils seront des étrangers les uns pour les autres. Ce seront des adultes. Des gens sérieux. Le premier garçon travaillera dans la marine marchande. Sa sœur épousera un fermier et aura beaucoup d'enfants. Quant au troisième gamin, celui qui ne disait rien mais qui rêvait, il aura bien du mal à devenir peintre, plus tard, en exil dans le lointain Paris, et il mourra avant d'être reconnu. Pourtant l'image de cette promenade de l'enfance, peut-être qu'elle lui reviendra, à lui, comme elle reviendra à chacun d'eux trois quand arrivera son tour, et ce sera comme une petite lumière de bonheur, étrangement fidèle.

Fantaisie sur
Le Bateau qui passe,
Émile Claus, 1883

RÊVE D'ENFANT

La scène est vue depuis la colline de Chaillot. C'est une vaste perspective sur Paris offerte aux promeneurs en ce jour de printemps, sous un grand ciel bleuâtre. Dans des lointains bleutés se profilent vaguement l'Institut, Notre-Dame, la Sainte-Chapelle et, très loin sur la droite, le Sacré-Cœur. Plus près, les méandres de la Seine, enserrant la verdoyante Île-aux-Cygnes. Et plus près encore, les jardins du Champ-de-Mars.

Une rambarde de bois peinte en bleu clôt la terrasse où se tiennent trois visiteuses dont le peintre n'a pas voulu faire le portrait mais seulement dessiner la silhouette. Il semble qu'il ne se soit attaché qu'à rendre l'atmosphère de ce lieu pittoresque, excellent but de promenade avec des enfants pour découvrir Paris d'en haut et prendre l'air.

C'est bien ce que semblent faire ces deux dames bourgeoises – robes à falbalas de l'époque, chapeaux sur la tête et ombrelles à la main –, debout devant la barrière, accompagnées d'une petite fille.

Les deux dames ne regardent pas le paysage, sans doute bien connu d'elles, mais conversent entre elles. La plus âgée est vêtue de noir et, peut-être fatiguée, s'appuie à la balustrade, tandis que la plus jeune, en robe blanche et petit chapeau jaune, se présente à nous de profil. Attentive à ce que dit la dame en noir, elle semble entretenir avec celle-ci une relation de subordination : c'est peut-être sa fille. Qu'ont-elles à se dire ? La plus âgée semble grave, la plus jeune déférente.

L'enfant, à deux pas des dames, comme imperceptiblement à l'écart – peut-être lui a-t-on recommandé d'admirer le panorama –, ne semble pas leur accorder d'intérêt et, obéissante, regarde intensément le paysage. Nous ne verrons pas son visage, elle nous tourne le dos. C'est une très petite fille, de quatre à cinq ans d'après sa taille et surtout sa mise ; les cheveux flottants sur le dos, à peine attachés, elle porte un long tablier bleu, boutonné dans le dos jusqu'à la taille, dont le bas s'ouvre sur des jupons blancs ou de longues culottes à volants ; elle est chaussée de bas noirs et de petites bottines blanches. On ne voit pas ses mains, sans doute croisées devant elle dans une attitude puérilement méditative.

Cette énorme machine de Paris, posée devant elle, sans doute l'étonne. Tout cela est si grand, si compliqué, si bruyant. Elle regarde au loin, frappée par l'ensemble de ce qu'elle découvre, ce curieux agencement de maisons, de fabriques, d'arbres, de fleuve, et, ici et là, dans des bleuités indéfinies, mystérieuses, des monuments étranges et paraît-il célèbres, que son père a évoqués en lui recommandant de bien les regarder. C'est cela, le monde, l'univers des grandes personnes. Un jour, elle les connaîtra, ces monuments, elle ira par ces rues lointaines, si bien pensées. Et au-delà, qu'y a-t-il ? Qu'y a-t-il là-bas, là où s'arrête la vue ? Là où le paysage se perd dans des lointains ?

Les paroles des deux dames lui arrivent un peu assourdies, elles parlent bas, et par bribes ; et elle-même est trop absorbée par sa rêverie pour prêter attention à ce qu'elles disent. D'ailleurs, ce qu'elle commence à percevoir du monde des adultes qui l'entourent est si compliqué et la plupart du temps si peu intéressant… Mais certains mots éveillent bientôt sa vigilance.

« Il faudra mettre la petite au lit de bonne heure, ce soir. Elle sera fatiguée… », dit la dame en noir, la grand-mère de l'enfant.

– Mais maman, objecte la jeune femme en blanc, sa chère tante Berthe, monsieur Eugène vient dîner ce soir…. Il sera contrarié de ne pas la voir : vous savez combien il aime cette enfant !

– Non, ma chérie. Ce soir nous avons à parler de choses graves. Il vaut mieux que nous soyons tranquilles. »

La petite a entendu le nom d'Eugène ; elle aime bien Eugène, mais elle préfère son frère Édouard, le peintre. Sa jolie tante Berthe aussi, pense l'enfant, préfère Édouard. Pourtant, on dit qu'elle va épouser Eugène. L'enfant n'écoute pas ce que murmure maintenant sa grand-mère d'un ton chagrin. Elle pense à Édouard, si élégant, si gentil. Qui peint de si jolies choses. Quel dommage que ce ne soit pas lui qui vienne dîner ce soir ! Quand elle le verra, un autre jour, bientôt, elle lui demandera ce qu'il y a au bout de Paris, là où c'est bleu comme les nuages. Il saura. Il sait tout, lui.

Justement, songe l'enfant, elle a l'air toute triste, ces temps-ci, sa tante Berthe. Elle aurait évidemment préféré elle aussi que ce soit Édouard qui vienne dîner. Et qu'on parle de son mariage avec lui plutôt qu'avec Eugène ! Car c'est bien de cela qu'il sera question ce soir, tandis que la petite fille sera reléguée dans son lit. Par prudence. On ne sait jamais ce qui peut passer par la tête des enfants : par exemple si, en plein dîner, elle se mettait à révéler que Berthe est amoureuse d'Édouard, à raconter ce qu'elle a vu… Quelle histoire cela ferait ! La petite imagine déjà le visage fâché de sa grand-mère. Et si ce qu'elle risquait de dire arrangeait tout ? Et si elle parlait maintenant, tout de suite ? Voilà la fillette toute bouleversée.

« Les grandes personnes s'imaginent que les enfants ne comprennent rien. Ne voient rien. Grand-mère croit que je suis tout occupée à regarder Paris et elle a entraîné Berthe pour parler de ce que je ne dois pas entendre… Mais je peux faire deux choses à la fois, moi. Et je sais bien ce qui se prépare. Pauvre petite Berthe, moi je l'ai déjà vue pleurer après une visite d'Édouard… »

Les deux dames ont décidé qu'il était temps de rentrer. L'enfant semblait muette. « Mais qu'y a-t-il ma chérie, a demandé la grand-mère en observant son air boudeur. Tu n'es pas contente de ta promenade ?

– Pas tant que ça, grand-mère ! Pas tant que ça ! », a murmuré la petite. Les deux dames ont éclaté de rire, mettant cette boutade de mauvaise humeur sur le compte de la fatigue. On n'en a plus parlé.

Pour l'enfant, cette découverte de Paris vu d'en haut restera associée à un aperçu troublant du monde des adultes.

Deux ans plus tard, Berthe Morisot épousera Eugène Manet.

Fantaisie sur
la *Vue de Paris des hauteurs du Trocadéro,*
Berthe Morisot, 1872

HER FATHER'S DAUGHTER

C'est le plein été sur la plage. Le moment le plus chaud de l'après-midi. Les parasols sont grands ouverts, un festival de rayures rouge et blanc, bleu et blanc, vert et blanc ; un déploiement de grands dômes colorés, qu'on a même parfois rassemblés pour être plus ensemble, en famille ou entre amis, et sous lesquels on a tiré chaises et transats afin de faire salon à l'abri du soleil.

C'est toute la petite société des plages que l'artiste a représentée. Une société plus ou moins mondaine des années 1920 à en juger par ce qu'on aperçoit de ces estivants, jeunes femmes élégantes à petit chapeau cloche, joli fauteuil de paille et meubles de jardin ; et tout ce groupe suggéré sous les parasols rassemblés fait corps et semble trouver cela fort plaisant, la vie de plage. La mer à deux pas derrière eux, personne ne la regarde. Ils ont mieux à faire.

Pourtant étrangers à ce cercle, trois petits personnages, comme négligés par le peintre, extérieurs à son sujet. Ils sont d'ailleurs à l'arrière-plan, à peine esquissés, comme floutés. C'est une fillette d'une dizaine d'années, les pieds dans l'eau au bord des vagues, qui, immobile, regarde venir vers elle le long de la mer le couple singulier d'un monsieur élégant et de sa très petite fille qu'il tient par la main. Il lui parle tendrement, un peu penché vers elle du haut de sa grande taille. L'enfant est si menue qu'on la voit à peine, collée aux jambes de son père et tâchant d'aligner son pas sur le sien.

La jeune baigneuse solitaire semble subjuguée. C'est qu'il est beau, cet homme, dans sa veste noire, son pantalon blanc, sous son élégant panama. Elle trouve que la petite a bien de la chance d'avoir un père pareil, et si attentionné. Elle, ses parents l'ont envoyée « jouer », comme ils disent, pour être tranquilles avec leurs amis sous les parasols. Ces deux-là, en revanche, l'inconnu et sa fille, ils ne sont pas comme les autres, entassés sous les parasols avec cette chaleur !

Quand le monsieur élégant et sa fille sont arrivés à sa hauteur, la fillette a entendu ce qu'ils disaient. Ou plutôt ce que l'homme disait. L'enfant ne répondait qu'à peine. Peut-être qu'elle était fatiguée. Oui, elle traîne les pieds, a observé la grande fille. Il a de si grandes jambes, ce doit être difficile pour une petite de le suivre. Elle, elle aurait tout de suite pris le rythme. Comme ils auraient bien marché ensemble, elle et lui. Quelle idée aussi de s'embarrasser d'une mioche.

« Allons, ma chérie, marche un peu plus vite. Nous n'arriverons jamais si tu ne fais pas un effort… Tu es contente de te promener avec ton papa ? »

L'enfant avait proféré alors un grognement inarticulé qui manifestait sa mauvaise humeur.

« … et quand nous arriverons à l'hôtel – tu verras comme c'est joli, là-bas ! –, poursuivit l'homme, affectant d'ignorer la réponse de l'enfant, je t'achèterai une glace, celle que tu voudras ! à la framboise ?

– …

– Avec de la chantilly, tu aimes beaucoup la chantilly, n'est-ce pas, mon tout petit ? continuait le père.

– Veux maman. Veux retourner chez maman ! »

À ce moment l'homme et l'enfant se sont arrêtés. Ils étaient arrivés devant la curieuse. L'homme s'est penché vers sa petite fille qui s'était mise à pleurer. Il l'a prise dans ses bras et serrée contre lui. Il l'embrassait, couvrait son visage de baisers comme jamais la grande fille n'avait vu quelqu'un embrasser.

« Tu sais bien, ma petite chérie, que ce n'est pas possible », a-t-il simplement murmuré (et que sa voix était triste !), mais l'enfant ne répondait pas, pleurant toujours.

Et elle, dans sa solitude, les regardait de tous ses yeux, sans honte, dans un grand élan d'amour et de jalousie mêlés. Si seulement elle avait pu être, rien qu'un moment, cette petite fille.

Mais déjà l'homme était reparti de son long pas élégant, portant dans ses bras, tendrement lovée contre lui, son enfant.

Longtemps la grande petite fille les a suivis des yeux, jusqu'à ce qu'ils aient disparu à l'horizon, dans la direction de la station balnéaire voisine.

Elle ne les reverrait sans doute jamais. Mais en un instant elle avait compris ce que pouvait être l'amour d'un père pour sa fille. Et le bonheur d'être ainsi aimée.

Et puis elle avait entrevu, deviné, les drames qui peuvent se jouer entre deux adultes, même s'ils ont la plus merveilleuse des petites filles, et elle était restée là, songeuse, toute seule, apercevant le mystère des choses de la vie.

Mais, sous les parasols, personne ne s'en souciait.

On entendit justement à cet instant le rire d'une femme, comme une cascade joyeuse. Puis ce fut le ronron nasillard et satisfait de voix d'hommes.

Fantaisie
Sous les parasols,
René-Xavier Prinet, 1924

LE PÊCHEUR

C'est un paisible paysage de bord de Loire, des bancs de sable doré formant de doux îlots aux courbes harmonieuses dont le plus grand est planté d'arbres au magnifique feuillage. Une image qui irradie la paix et un bonheur de solitude étonnamment sensuel. Ce doit être l'été ou un printemps chaud. Pas un nuage dans le ciel bleu clair. L'eau de la Loire, d'un bleu plus intense, est parfaitement immobile. Immobile aussi la petite barque bleue échouée sur le bord de l'îlet. Et, là-bas, tout seul sur l'autre bord, la petite silhouette trapue d'un pêcheur, attendant sans doute que ça morde.

Depuis combien de temps est-il là ? Quand au juste est-il arrivé ce matin sur sa petite barque ? Il ne le sait plus. Il se rappelle seulement la réponse revêche de sa femme encore au lit quand il lui a crié, depuis la porte de la chambre, « qu'il y allait », à la pêche, bien sûr, comme chaque dimanche de beau temps. Elle a dû lui demander à quelle heure il rentrerait. Il a grommelé, comme toujours, qu'il ne savait pas. Est-ce qu'on sait ce genre de choses quand on va pêcher ? Ou plutôt quand on va là-bas, sur cet îlet des bords de Loire… Mais ça, il ne l'a pas ajouté. Là-bas est un endroit magique où son épouse n'a pas droit de cité, fût-ce en parole.

Si elle pouvait seulement imaginer, la pauvre ! Mais elle ne peut pas. Et elle a l'intelligence de ne pas poser de questions. Au fond, elle doit savoir à quoi s'en tenir.

Ici, dans le silence et la sensualité tranquille de son îlet, il est heureux. Plongé dans le bonheur comme dans un corps de femme. Car c'est bien un corps de femme, plein et doux, que lui évoque ce paysage, violent dans sa tendresse, à lui seul dévolu, possessif autant qu'il en est possédé.

Car ce n'est pas pour le poisson qu'il est là, bien sûr, mais pour la solitude et la liberté que lui donne le prétexte de la pêche. Sa femme le sait et n'ose rien dire. Elle n'ose rien dire car entre eux, c'est comme un contrat, à prendre ou à laisser. Avec deux enfants sur les bras, elle n'a pas le choix, dit-elle.

C'est lui qui aurait dû « laisser » quand il en était encore temps. Qui aurait dû rompre les amarres. Quitter une famille qu'il n'aimait pas pour suivre cette jeune libraire, rencontrée par hasard, avec laquelle il avait, pendant des mois, entretenu une liaison passionnée. C'était il y a longtemps. Il se refuse à compter les années pendant lesquelles il ne l'a plus revue. Il n'en est pas encore remis. Quand sa femme avait découvert ce qui se passait, elle avait menacé d'étaler le scandale dans leur petite ville s'il ne rompait pas, et, d'abord d'aller trouver le directeur de la banque où il était employé ! Il avait cédé.

S'il vient ici, à présent, c'est pour se retrouver, se vider de tout ce qui n'est pas lui, cette vie familiale qu'il n'a pas voulue mais qu'il assume. S'il vient ici, c'est pour retrouver l'image de la femme qu'il aimait, l'image de ce qu'ils étaient ensemble, elle et lui. Puisque c'est là, sur ces bords de Loire, qu'il venait avec elle, sûrs qu'ils étaient de ne rencontrer personne. Au printemps et l'été, quel bonheur exquis ! Et l'hiver, oui, l'hiver aussi ils venaient, même un jour qu'il neigeait... Comme il se souvient ! Il se rappelle chaque instant... la neige dans ses cheveux blonds, et ce long manteau brun qu'elle portait...

Cet endroit, ce bord de Loire, s'il l'aime tant c'est qu'il a le sentiment que ce paysage ressemble à la femme qu'il a perdue : ce sont ses couleurs, sa douceur, son mystère. Il a l'impression qu'elle est encore là, qu'elle est comme infuse dans cette nature. Qu'elle y a laissé un peu de son être. C'est un lieu si différent pour lui du reste du monde, si étranger surtout à sa vie quotidienne, la banque, la maison familiale.

Elle travaillait à la librairie, en ville. Habitait un petit appartement où il n'est entré qu'une fois. Ils avaient été si discrets ! Elle préférait venir le rejoindre en voiture à un petit débarcadère sur la Loire où il l'attendait avec la barque. Quel bonheur c'était à chaque fois de se retrouver !

Le prétexte pour lui était déjà la pêche à laquelle prétendument son père l'avait initié enfant. Ce n'était qu'à demi-vrai : en fait il avait toujours trouvé ridicule ce passe-temps, odieux les compagnonnages autour d'une bouteille et d'un panier de vivres auxquels il voyait se complaire les amis de son père. Mais, les braves gens, quelle merveilleuse idée ils lui avaient suggérée !

Aujourd'hui il est plein de sympathie pour les rares pêcheurs qu'il lui arrive d'apercevoir. Qui sait s'ils n'ont pas comme lui un univers secret à préserver ?

C'est pourtant par l'un deux que son aventure avait été dénoncée, plus ou moins innocemment : un gros homme adepte de la canne à pêche, qu'il ne connaissait que de vue pour l'avoir croisé deux ou trois fois en compagnie de son père, et qui, le rencontrant un jour dans la rue avec sa femme, l'avait abordé et fait lourdement allusion à la personne qu'il « avait cru apercevoir » avec lui, l'autre jour dans sa barque.

« Et n'était-ce pas notre jeune libraire ? » La voix de cet imbécile, il croit encore l'entendre ! Lui, pauvrement, avait tout avoué. Sa femme n'avait fait qu'un bond à la librairie. Cela, ce mauvais moment, le récit qu'elle lui en avait fait, aujourd'hui il vaut mieux pour lui l'oublier. Ce n'est pas glorieux.

Elle, la jeune libraire, avait préféré fuir, après une brève explication où sa lâcheté d'amant lui était apparue évidente. Elle avait eu raison. Elle vivait à présent à Paris, inaccessible.

Est-ce à partir de ce moment qu'il a commencé à grossir et attrapé cette silhouette de vieux ? Cette allure de pêcheur, pour de vrai cette fois, caricaturale, un peu ridicule en effet.

Quelle heure sera-t-il quand il rentrera ? Tard sans doute. Aucune importance. À son arrivée, on va lui demander ce qu'il rapporte dans son panier. Certainement pas grand-chose. Peut-être rien du tout. On va rire. Se moquer de lui : passer tout ce temps pour rapporter ça ? Il rira à son tour, bon diable.

Heureusement, comme la pêche n'intéresse pas plus ses enfants que leur mère, il pourra continuer seul ses promenades sur la Loire.

Ce soir, à défaut de poisson, il rapporte des images merveilleuses de sables d'or et d'eaux bleues, la musique du silence, et des rêves, mêlés à la douceur de souvenirs inaccessibles à son entourage.

Fantaisie sur
les *Sables au bord de Loire,*
Félix Vallotton, 1922

GEL

C'est une large rue, presque une route, entre deux rangées de maisons, d'un côté basses et serrées les unes contre les autres ; de l'autre, à gauche, celui d'où nous regardons, hautes, jaunes, imposantes, prenant appui sur des sortes d'arcs boutants ; la chaussée inégale ménage en son milieu une étroite rigole où l'eau a gelé, éclaté, s'est fracassée : c'est l'hiver, un matin glacé, et le ciel est d'un bleu éclatant, alpestre. Sur le sol subsistent des restes de neige, durcie, gelée. Le soleil projette sur la chaussée l'ombre bleue des hautes maisons de gauche. Quelle heure est-il ? Sept heures ? Huit heures ? Tout est désert et silencieux.

Dans ce paysage urbain glacé, la seule vie, hors la silhouette à peine esquissée par le peintre de deux ou trois passants matinaux, la seule présence véritable c'est, d'abord, celle d'une femme enveloppée d'un gros manteau de laine noir qui avance vers nous le long des hautes maisons jaunes, se hâtant sur l'espèce de trottoir que ménage l'accotement de la chaussée ; et, à l'extrémité de cette vaste rue, celle d'une lourde charrette campagnarde qui s'éloigne vers des lointains qu'on aperçoit à l'horizon.

Il y a un lien pour nous entre la femme et la charrette. Quelque chose qui nous interpelle. Leur vitalité dans ce décor vide et comme mort. L'une allant dans une direction, l'autre dans l'autre. La femme vient de descendre de la carriole qui, comme chaque matin, la dépose en ville, depuis sa campagne. Quelle chance pour elle que ce maraîcher de son village fasse chaque jour le voyage ! Que ferait-elle sans lui ? Comment gagnerait-elle la blanchisserie où elle a, par chance, trouvé du travail en ville après la mort de son mari, il y a maintenant presque un an ? Une voisine lui a signalé une annonce : elle a bravement répondu. Et lui, le maraîcher, qui avait un peu connu le mari, a aussitôt proposé son aide : ça ne lui faisait qu'un petit détour quand il livre des légumes en ville ou du fourrage à une ferme voisine, et vieux garçon, il aime à rendre service. De plus la femme lui donne quelques sous pour sa peine. L'arrangement fonctionne depuis la fin de l'été et les choses se passent bien. L'homme passe le matin à six heures devant la maison de la veuve qui l'attend et elle monte s'asseoir à son côté sur le banc du cocher. Il y a toujours autour de lui l'odeur du foin qu'il transporte, ou des fruits et des légumes du moment, et elle aime bien ça. Pendant le voyage d'une petite heure ils causent gaiement : pourtant, habitant le même village mais aux deux extrémités, ils ne se connaissaient guère jusque-là. Il la dépose non loin de la blanchisserie où elle travaille. Pas devant, ni dans cette rue : elle a peur qu'on ne jase, même s'ils ne sont pas tout jeunes, elle et lui, mais les gens voient toujours le mal, et, de toute façon, la rue où se trouve la boutique est trop étroite pour que la large voiture y passe sans encombre. Et, le soir, elle va attendre dans la grand'rue, au croisement de la route, qu'il la reprenne au passage au retour de son travail. Il lui demande toujours comment les choses se sont passées pour elle, à la blanchisserie. Car, au début, elle a eu du mal à s'habituer à la rudesse de la patronne, à ses exigences. Chaque jour était une épreuve. Et il a pitié de cette petite femme fragile, obligée de faire un travail d'ouvrière auquel elle n'était pas préparée.

Ce matin de grand froid – le premier depuis qu'elle vient travailler en ville et voyage avec l'homme –, elle vient de descendre de la carriole. Elle a les joues toutes roses de la course à travers la campagne et de l'animation de la conversation avec le fermier. « Alors, à ce soir, madame Mathilde », lui a-t-il dit comme elle descendait du siège de la voiture, resserrant frileusement son grand manteau autour d'elle pour affronter le froid agressif de la ville, de cette rue encore couverte de neige gelée, où la rigole charriait des morceaux de glace. « Allez, bon courage ! » a-t-il ajouté. Elle lui a souri. Lui a dit aussi « à ce soir ! », et, pour elle, c'était comme un rendez-vous joyeux.

« Au revoir, madame Mathilde, au revoir ! », avait encore crié le maraîcher, tout en faisant claquer son fouet pour repartir.

Un instant immobile sur le pavé glacé, saisie par le froid et par un soudain sentiment de solitude, elle est restée à écouter le roulement familier de la voiture qui s'ébranlait, le grincement des essieux et le petit pas sec du cheval prenant de la vitesse. Elle ne s'est pas retournée pour voir l'attelage disparaître. Elle l'entendait. C'était assez pour avoir de la peine.

Alors elle s'est mise en marche, à pas pressés, réfugiée dans la tiédeur de son manteau, invisible aux rares passants, étrangère à eux, se hâtant vers la blanchisserie où on devait déjà l'attendre. Elle éprouvait jusque dans ses os l'intensité du froid, l'hostilité de la radiance bleuâtre du gel et du silence de cette ville encore endormie, ignorante de la femme qui venait de si loin laver et repasser le linge de ses habitants.

Jamais elle n'aurait pensé que ce serait là un jour son travail. Il avait bien fallu trouver un gagne-pain quand son mari était mort, brutalement, d'une vilaine pleurésie. Ouvrier agricole, embauché au noir, il n'y aurait pas de pension pour la veuve. Elle ne savait rien faire, un peu coudre, pas assez pour en faire un métier. L'annonce demandait une femme « sachant laver et repasser ». On l'avait embauchée sur parole, car l'offre était réduite, les femmes préférant maintenant travailler en usine. Autrefois elle avait vu sa mère faire la lessive et repasser pour elle, ses cinq frères et sœurs et le père. Elle se rappelle le temps où, petite, elle l'accompagnait au lavoir, derrière la maison, elle entend encore le joyeux bavardage des femmes et les claquements de battoir sur le linge. Elle revoit le retour avec la brouette pleine, l'accrochage des draps sur les cordes tendues à travers le jardin. Elle retrouve intact dans sa mémoire le parfum du linge séché au soleil. Et la chanson que sa mère avait alors aux lèvres. C'était un air si doux, si tendre. Pour elle la musique de l'enfance. Rien à voir avec la besogne qu'ici on attend d'elle.

Dans la blanchisserie qui vient d'ouvrir, on lui donne le travail du jour ; ce matin, à cause du gel, pas de draps à rapporter du grand lavoir de la ville, mais des panières de linge sale à jeter dans la lessiveuse ; et cet après-midi, des jupons et des culottes par brassées à repasser finement dans l'étuve de l'arrière-boutique.

La patronne est de méchante humeur et lui fait des remarques acerbes sur l'heure de son arrivée ce matin, la carriole avait dû s'arrêter un bref moment pour un essieu desserré. La passagère était descendue de son siège et avait humé l'air frais tout chargé du parfum d'une lointaine cheminée. Elle avait rêvé à ce feu qui n'était pas le sien. Puis elle avait rejoint le maraîcher qui s'affairait autour de sa roue. Mais il avait peur qu'elle n'ait froid : « Retournez vite vous asseoir dans la voiture, madame Mathilde, et mettez la couverture sur vous ! », lui avait-il dit de sa grosse voix.

L'atmosphère de la blanchisserie est vite empuantie de l'odeur des draps sales et de la vapeur de javel de la lessiveuse où elle doit les précipiter un par un, avec des nausées de dégoût. Il n'y a qu'une vieille femme à travailler avec elle, trop faible pour porter les panières de linge, si bien que c'est sur elle, la plus jeune que repose l'essentiel du travail.

Elle n'a pas de montre et mesure le temps aux variations du jour terne, tombant de la fenêtre unique de la pièce. Elle pense tout en travaillant à la charrette de foin du maraîcher et au plaisir qu'elle aurait à s'y allonger, à s'y lover. Drôle d'idée dont elle n'oserait parler à personne. Elle a mal au bras d'avoir fait un faux mouvement en élevant la panière de linge sale sur une haute table avant d'en jeter le contenu dans l'énorme lessiveuse, et, comme elle ralentissait la cadence, la patronne a surgi, lui faisant observer qu'on ne la paie pas pour rêvasser.

Non, elle ne rêvasse pas ; elle n'a jamais rêvassé, ni avant son mariage (elle n'attendait pas le prince charmant), ni pendant (surtout pas pendant), ni après. Tout au plus, depuis quelque temps, rêve-t-elle une seconde à une liberté nouvelle : par exemple celle de se coucher dans le foin. Rien de plus.

À midi, on lui a donné une assiette de soupe aux choux, puis elle a gagné la salle de repassage, au premier. Il y a là deux fenêtres aux vitres sales, toujours fermées ; l'éclairage est assuré par une rampe à gaz à la lumière blafarde. L'atmosphère, déjà étouffante dans la chaleur du fourneau allumé depuis le matin, est empoisonnée par l'odeur des produits détachants.

Posés sur la longue table de repassage, les lourds fers de fonte à braise incorporée dont s'est vantée la patronne sont d'un poids pénible au bras déjà fatigué de la nouvelle employée. Les petits fers laissés en permanence au feu, c'est pour le linge fin : volants des corsages et des robes, chemises, déshabillés, culottes. Mais, épuisée par le travail du matin, elle redoute de brûler ce linge délicat, tant le contrôle de son poignet froissé lui échappe. Elle songe à sa mère, si adroite, à l'élégance de son geste quand elle allait prendre le fer brûlant sur le fourneau et venait le poser, légère, sur le linge ; au parfum exquis de la cuisine où s'opérait la métamorphose de chiffons humides en merveilles arachnéennes.

Ici dans la touffeur irrespirable qui stagne entre les murs, les miracles n'ont pas cours. Proche du malaise, celle que le maraîcher appelle madame Mathilde a ouvert sa chemise, relevé ses manches ; la sueur coule de son visage, l'aveugle, de ses bras, de tout son corps, mouille ses vêtements. Elle voit avec soulagement que, dehors, la faible lumière de novembre décline : la journée va prendre fin. À cinq heures la patronne survient, compte les pièces repassées, les remet en boutique sans un mot.

Vite, à peine libérée, Mathilde enfile son manteau noir et court vers la grand'rue qu'envahit déjà un crépuscule bleuté, qui en dépit du froid lui paraît très doux. Elle est si impatiente de voir arriver le maraîcher et sa charrette ! Pourvu qu'il n'ait pas été retardé ! D'habitude, alignant son horaire sur le sien, il est soucieux qu'elle n'ait pas à attendre. Au début, elle avait proposé de le guetter au café, une sorte d'estaminet à l'orée de la route ; il avait refusé. Ce n'était pas un endroit pour elle, disait-il. Elle s'était secrètement étonnée que ce gros homme eût tant de délicatesse, ce paysan pas beau, vêtu à la diable, dont aucune fille n'avait voulu, si bien qu'il avait dû renoncer, faute d'une femme, à gérer la ferme héritée de ses parents, et vivait du seul commerce de son fourrage et de la vente de ses fruits et légumes.

Qu'elle est belle, ce soir, presque féerique aux yeux de la jeune femme, cette ville prise dans le gel, avec ses reflets bleu et argent ! Elle songe à leur arrivée du matin, à son angoisse, au poignant sentiment de solitude qu'elle avait éprouvé quand ils s'étaient séparés, cet homme et elle. À présent, elle n'est plus qu'impatience heureuse de sa présence. Elle croit déjà entendre le son de sa voix quand il la retrouvera, lui demandera comment s'est passée la journée et si elle n'a pas trop froid. Il l'aidera à grimper sur le haut siège du conducteur, s'installera à côté d'elle. Ce soir, pour voyager, elle se serrera sans façon contre lui. Ils mettront autour d'eux la grosse couverture, et cela sera pour eux comme une petite maison. Ah ! comme elle l'aime, ce gel d'hiver !

Fantaisie sur
La Grand'Rue, le matin,
Albert Baertsoen, 1896

FIN DE PARTIE

C'est une marine. Splendide. Le ciel et la mer. C'est tout. Un ciel d'un bleu presque turquoise, à peine balayé de nuées légères, occupe le haut de la toile, alors qu'un énorme nuage au sommet d'un blanc lumineux mais dont la base se mue à l'horizon en sombre brume attire toute l'attention du spectateur.

La mer, en bas du tableau dont elle couvre à peine le tiers, est une plaine verdâtre, agitée de remous, qui ménage cependant une étroite bande de terre ferme, entre deux marées. En fait, on ne sait trop où commence la mer, où la terre, c'est un magma de teintes indécises entre le vert et le brun, semé de fluorescences écumeuses.

C'est le ciel en fait le maître d'œuvre, dans son immensité, ses caprices, sa folie, passant de l'azur édénique à une sombre fureur, avec pour tout signal de ce changement d'humeur ce fantastique, merveilleux et terrible nuage blanc, dressé comme une apparition.

Aucune présence humaine semble-t-il dans cet univers ! Mais si. Sur la bande de terre improbable, à peine distincte de la mer, que nous avions aperçue, cheminent deux minuscules silhouettes sombres que, de surcroît, la pénombre des prémices de l'orage ne permet pas de voir distinctement : deux femmes, à en juger par leurs longues robes. L'une plus petite, lourde, sans doute très âgée, s'appuyant au bras de l'autre, mince et jeune. Peut-être une vieille dame accompagnée de sa gouvernante. Sans doute marche-t-elle difficilement.

Elles sont parties en promenade le long de la mer, il faisait si beau, elles connaissent bien ce chemin entre deux marées. Mais elles ont été surprises par le brusque changement du temps et la marée montante, plus rapide qu'elles ne pensaient. Et puis, soudain, il y a eu cette semi-obscurité. Cette fraîcheur. Cette vivacité nouvelle du bruit des vagues. Elles veulent rentrer au plus vite, la plus âgée surtout, qui n'apprécie pas cette surprise, cette intervention de la force des choses, cet impérieux rappel à un ordre supérieur.

« Je vous avais bien dit, Gabrielle, que le ciel était menaçant ! Il était imprudent de partir ! Surtout si tard !

– Mais madame, il faisait si beau !
– C'est vous qui le dites ! Vous et vos idées fantaisistes ! »

La jeune gouvernante se tait. Ne prétend plus que ce n'est rien, que le soleil va revenir. Elle a vu que sa compagne a pâli, elle sent avec quelle nervosité la vieille femme s'accroche à son bras. Pourtant elle aurait volontiers, elle, poursuivi la promenade. Mais elle n'a rien à dire, elle est payée pour se plier aux volontés et aux désirs de ses employeurs.

« … et puis vous ne comprenez pas, reprend sa patronne, qu'en cas de problème je ne peux pas marcher aussi vite que vous, diminuée comme je le suis… Et regardez, vous voyez comme déjà la mer monte… Et si l'orage éclate… ! »

Plus la vieille dame s'efforce d'avancer, moins elle y parvient, plaçant maladroitement ses pieds chaussés de bottines – quelle idée aussi, cette gouvernante, de l'avoir laissée s'habiller ainsi ! –, glissant ou patinant dans le sable tant elle se presse maladroitement.

Ciel ! Penser qu'elle pourrait tomber, sans pouvoir se relever ! Et alors, qui viendrait les secourir ? Fantasme de l'eau qui la recouvre, l'entraîne, l'anéantit… Et cette sotte à son bras qui semble ne rien comprendre à ce qu'il se passe ! C'est elle, par son entêtement, son inconscience, sa raideur, qui les retarde.

La brume qui pèse sur la mer semble de minute en minute s'assombrir, obscurcissant l'atmosphère au point qu'on voit de moins en moins la frontière entre le chemin de sable sur lequel elles avancent et l'eau. Quand regagneront-elles la terre ferme ? La vieille dame ne reconnaît pas le paysage, sans doute a-t-elle oublié ?

« Gabrielle, vous croyez que nous sommes encore loin ? demande-t-elle comme une petite fille. Ah ! ce souvenir tout à coup de la voix aigre de sa mère, les jours de promenade, « Mais qu'est-ce que tu fabriques ? Dépêche-toi ! Cette enfant est d'une lenteur ! », marchant à grands pas à côté d'elle, toute petite, si petite, épuisée... Ces promenades affreuses dont toujours le but se dérobait !

Pourquoi, mais pourquoi penser à cela ? Sa mère ne l'aimait pas, ne l'a jamais aimée.

Et si elle allait maintenant s'écrouler, la respiration lui manquer, comme il lui arrive quelquefois, de plus en plus souvent, avec ce cœur dément qui se met alors à battre la charge...

Mais non, le cauchemar va prendre fin, elle va rentrer, à la maison, les choses ne sont pas encore dites, la vie va continuer encore un peu, dès son arrivée, on va lui préparer un chocolat chaud, lui passer ses mules et son peignoir, n'est-ce pas ?

Pourtant il y a une chose qu'elle n'aime pas, qu'elle n'aime pas du tout, c'est cette clarté extraordinaire au sommet du nuage, elle l'a bien remarquée, en levant la tête vers lui avec effort – fou ce qu'elle s'est voûtée ces derniers temps ! – elle l'a bien vu, cet éclat de lumière, elle l'a bien reconnu, le signe.

Ce qu'elle appelle le signe, c'est un petit rappel, une habitude du Très-Haut de la ramener à lui, parfois. Elle les connaît ses manières : deux ou trois avertissements déjà, elle n'a pas oublié comme, à chaque fois, elle avait eu peur ! Mais, merci mon Dieu, c'étaient de fausses alertes, des moyens espiègles de la tenir en respect.

« Tout va bien, madame ? Tranquillisez-vous, nous arrivons ! Je vois déjà le drapeau de la plage ! », fait soudain la petite gouvernante.

La vieille dame ne répond pas, marmonne seulement quelque chose d'inaudible qui doit exprimer son soulagement.

Et comme, en effet, elles atteignent le petit chemin qui conduit à la maison, et qu'elle reprend son souffle, déjà elle se fait des reproches, s'en veut d'avoir été faible : quelle folie, ces pensées morbides, se raisonne-t-elle doucement.

Pourtant, elle a beau faire, elle a vu, elle a senti, elle a compris le sens de ce regard divin, ce long regard d'or dans le nuage blanc, comme l'index du Seigneur dans la Bible d'autrefois. Non, les choses ne seront plus jamais ce qu'elles étaient. Elle est vieille. Vraiment vieille. La partie se termine. Va se terminer d'une façon ou d'une autre. Il est temps d'y penser sérieusement.

Fantaisie sur
Le Nuage blanc,
James Ensor, 1884

LOIN DE TOUS

C'est un vaste lac gris, bordé à l'horizon de montagnes mauves, se chevauchant les unes les autres comme pourrait les dessiner un enfant : une chaîne de sommets puissants formant barrière, frontière infranchissable, mais que sa couleur mauve, ou rose ou bleue rend un peu irréelle, comme appartenant au domaine du rêve. Derrière, c'est le pays où l'on n'arrive jamais, l'inaccessible lointain, au terme toujours reculé. À la différence des deux sombres collines boisées, derniers remparts de la réalité qui ferment le paysage à droite et à gauche, mais l'ouvrent droit sur l'aventure de façon presque solennelle

Le lac gris couvre les trois quarts de la toile, depuis le bord inférieur jusqu'à l'étroite ligne de montagnes qui en forme le sommet. Et cette immensité n'est pas sans faire éprouver au regardeur une sorte d'angoisse, d'ivresse de liberté, d'autant que les reflets changeants de l'eau – ici bleu glacier, là ocre doré, ailleurs blanc neigeux – suggèrent comme autant de charmes et de dangers potentiels.

Le seul élément qui donne sens à ce paysage, lui confère une humanité, nous insère dans le tableau, c'est l'intrépide petit voilier qui file au loin, dessiné en perspective depuis sa proue, accentuant sa minceur, son étroitesse, sa dérisoire élégance, sa fragilité. Coquille de noix sous la haute et frêle voile blanche qui se dresse, arrogante, vers le ciel, il cingle vers l'ailleurs… À bord un personnage, rendu si petit par la distance qu'on ne saurait dire de qui il s'agit.

Qui peut-il être, cet homme seul sur son bateau ? Ce n'est pas pour son travail qu'il traverse le lac… Promenade d'agrément ? À cette heure ? En cette saison ? Le ciel est jaunâtre, le soleil timide. Il est tôt le matin, sept heures ? Non, cet homme ne se promène pas, il s'en va.

Ce matin-là, dans la belle maison dont il avait fait lui-même le plan il y a plus de vingt ans, il n'a averti personne de sa décision. Sa femme dormait encore quand il est parti. Ses enfants, des adolescents, se préparaient pour le lycée, le gymnasium de la petite ville autrichienne où la famille est établie. Ils ne l'ont pas entendu sortir : ils se disputaient bruyamment, sur un prétexte futile.

Lui n'a pas eu envie de leur parler. Pour leur dire quoi ? Leur expliquer quoi ? Sa fatigue ? Son ennui ? Qu'il avait tout à coup un inexprimable besoin de s'échapper, de leur échapper ? Ils le savaient. Chacun à la maison, comme les collègues de son bureau d'architecte, tous connaissaient son besoin d'indépendance, savaient ses brèves disparitions. Sa femme, soumise et d'une placidité sans faille, en souriait : « C'est dans son caractère, disait-elle, mais ne vous inquiétez pas, Carl revient toujours ! » Le processus était immuable, quand cette envie le prenait, il partait sans crier gare marcher dans la forêt, ou sautait sur son petit voilier. Mais, cette fois, même si depuis plusieurs jours un obscur désir de fuite le taraudait, ce besoin, il l'avait soudain éprouvé avec une force étonnante. Impossible de s'y soustraire.

Cela avait commencé au réveil, il était peut-être six heures – un jour blanc d'automne apparaissait au-dessus des épais rideaux de la chambre conjugale modern style qu'il avait autrefois dessinée –, oui c'est à ce moment qu'il s'était décidé. Son épouse dormait profondément. Pour lui, ç'avait été comme une brusque nausée, dans le dégoût des heures à venir, d'ennuyeuses affaires commerciales, un déjà insipide projet de décoration, puis le déjeuner prévu avec sa belle-mère, blonde, du même blond fade que sa femme. Elle lui parlerait santé et médicaments antidépresseurs. Et ce soir, enfin, il y aurait ce rendez-vous absurde avec une maîtresse qu'il n'aimait plus depuis longtemps. Non, de tout cela, il n'avait guère envie.

Il a filé discrètement par la petite porte du jardin. L'idée, d'abord, c'était d'aller faire un tour en bateau. Comme ça. Pour respirer. Un simple tour. Il serait rentré pour dix heures. Il trouverait alors sa femme en train de prendre son petit déjeuner. Ce serait après tout, une journée normale. C'était encore possible.

À cette heure matinale, en ville, il n'a rencontré personne de connaissance. Personne qui puisse s'étonner que ce notable, le décorateur bien connu Carl W., se promène, vêtu d'un vieil anorak d'hiver. Le bleu. Celui d'autrefois. Celui de la jeunesse.

Son bateau était là, amarré au port, comme toujours. Il n'a eu qu'à partir. C'était facile. C'était toujours facile.

Rien que de banal, ces petites escapades, surtout quand il faisait beau. Chez lui, on y était habitué. « Mon époux est un navigateur manqué », disait sa femme, évoquant avec indulgence sa passion pour la voile, son amour du grand air, comme excuse à ses disparitions plus ou moins longues.

En fait, depuis quelque temps, quand il s'échappait ainsi, c'était plus que d'un besoin de grand air qu'il s'agissait, et elle ne pouvait l'ignorer. Mais d'une révolte. D'un besoin de secouer les chaînes. D'échapper à un travail dont il avait perdu le goût, à la pesanteur d'une mode qu'il avait contribué à créer, qui avait envahi la décoration, la mode, l'art, ce modern style dont ses contemporains étaient fous mais auquel il ne croyait plus. De la même façon que chez lui il était las des paroles inutiles, des regards indifférents, des habitudes du quotidien. L'ennui alors parfois en lui confinait souvent au désespoir. Fuir était la seule ressource qui lui restait.

Quand cette idée lui venait, plus forte que toute raison, il ne se perdait pas en explications : « Je sors ! », criait-il simplement à la cantonade – les dessinateurs qui travaillaient avec lui, sa famille, ceux qui se trouvaient là –, abandonnant sur son bureau les plans inachevés. Personne ne répondait. On le connaissait. On l'admirait. On savait bien qu'il reviendrait. Au fond, c'était comme un jeu entre lui et eux tous. Il était comme ça et on l'acceptait. C'était le patron.

Mais cette fois il n'avait rien dit.

Il n'y avait pas de témoin.

Et lui, que savait-il de son retour ?

Et si tôt ce matin, pourquoi ? Et avec ce mauvais temps ? Qu'est-ce qu'il lui avait pris ?

Il file si bien, le petit bateau. L'air est si vif de ce matin d'octobre. Et les montagnes violettes à l'horizon se profilent de façon si tentante…

Fuir, là-bas fuir !

Il a le sentiment, l'homme du bateau, que les deux collines boisées, qui enserrent la vue à droite et à gauche comme les rideaux sombres d'un théâtre, saluent son départ. Son entrée en scène. Ou plutôt son entrée dans l'ailleurs. Il est parti. Il ne lui reste qu'à aller tout droit.

Y parviendra-t-il cette fois ? Là-bas. Loin de tous.

Non, il ne reviendra pas. Voilà qu'il le sait. Et c'est plus loin qu'il ne croit, l'endroit où il va.

Fantaisie sur
le *Wolfgangsee, horizon surélevé,*
Koloman Moser, vers 1913

CRÉDITS PHOTOGRAPHIQUES

TABLE

Collection « Arléa-Poche »

2. Paul Morand, *Éloge du repos*
8. René Girard, *Quand ces choses commenceront...*
13. J. M. G. Le Clézio, *Ailleurs*
20. Arthur Rimbaud, *Illuminations*
44. Tzvetan Todorov, *Les Abus de la mémoire*
61. Pier Paolo Pasolini, *Qui je suis*
66. Germaine Tillion, *La Traversée du mal*
68. Alain Etchegoyen, *Éloge de la féminité*
72. Olivier Boura, *Marseille ou la mauvaise réputation*
74. Jacques Berque, *Il reste un avenir*
75. Jean-Claude Guillebaud, *L'Esprit du lieu*
77. Alain Golomb, *Profs et Cie*
79. Patrice Louis, *C'est beau, mais c'est faux*
80. Hervé Laroche, *Dictionnaire des clichés littéraires*
84. Robert Guillain, *Aventure Japon*
85. Takeshi Kitano, *Rencontres du septième art*
86. Matias Aires, *Lettre sur le bonheur*
89. Pier Paolo Pasolini, *La Longue Route de sable*
91. Denis Huisman, Louis Monier, *Visages de la philosophie*
92. Patrice Louis, *Du bruit dans Landerneau*
96. Oscar Wilde, *L'Âme humaine*
103. Albert Simonin, *Le Savoir-Vivre chez les truands*
107. Pierre Vidal-Naquet, *Le Choix de l'histoire*
108. George Steiner, *Le Silence des livres*
109. Gustave Flaubert, *Voyages*
110. Philippe Jaccottet, *De la poésie*
117. Alberto Moravia, *Promenades africaines*
120. Arthur Rimbaud, *Poésies* (édition nouvelle)
121. Oscar Wilde, *Aphorismes*
122. Alberto Moravia, *Une certaine idée de l'Inde*
124. Albert Londres, *Marseille porte du Sud*
125. Albert Londres, *Au bagne*

126. Albert Londres, *Terre d'ébène*
127. Albert Londres, *Contre le bourrage de crâne*
128. Albert Londres, *Les Forçats de la route*
129. Marie Sizun, *Le Père de la petite*
131. Michel Pastoureau, *Les Animaux célèbres*
133. Albert Londres, *L'Homme qui s'évada*
134. Albert Londres, *Dans la Russie des Soviets*
135. Dominique Barbéris, *La Ville*
136. Philippe Mezescaze, *L'Impureté d'Irène*
137. Armand Frémont, *La Mémoire d'un port (Le Havre)*
138. Renzo Piano, *La Désobéissance de l'architecte*
139. Claro, *Ezzelina*
141. Jean-François Merle, *Cale sèche*
142. Emmanuel Pons, *Je viens de tuer ma femme*
143. Pierre Veilletet, *La Pension des Nonnes*
145. Didier Folléas, *Albert Londres en Terre d'ébène*
146. Albert Londres, *Chez les fous*
148. Franco Ferrucci, *Lettre à un adolescent sur le bonheur*
151. Dominique Desanti, *Le Roman de Marina*
152. Henry Miller, *Aquarelles*
153. Henry Miller, *Premiers regards sur la Grèce*
157. Michaël Ferrier, *Tokyo, petits portraits de l'aube*
159. Ernst Gombrich, D. Eribon, *Ce que l'image nous dit*
160. Pierre Mac Orlan, *Chroniques de la fin d'un monde*
162. Albert Londres, *Au Japon*
164. Albert Londres, *Le Peuple aux dents laquées*
165. Albert Londres, *La Grande Guerre*
166. Albert Londres, *En Inde*
167. Albert Londres, *L'Équipée de Gabriele D'Annunzio*
168. Maxence Fermine, *Neige* (illustré)
169. Oscar Wilde, *Remarquables Assassinats*
171. Patrick Boman, *Retour en Inde*
174. Louis Calaferte, *Paraphe*
175. Franco La Cecla, *Contre l'architecture*
177. Antoine Marcel, *Traité de la cabane solitaire*
178. Albert Londres, *La Chine en folie*

179. Robert Guillain, *Les Geishas*
180. Antonella Moscati, *L'Éternité, ou presque*
181. Marie Sizun, *Plage*
182. Elena Janvier, *Au Japon ceux qui s'aiment ne disent pas je t'aime*
183. Hisashi Tôhara, *Il y a un an Hiroshima*
184. Arthur Schopenhauer, *Aphorismes et Insultes*
185. Dominique Falkner, *Ça n'existe pas l'Amérique*
187. Jean Baudrillard et Jean Nouvel, *Les Objets singuliers*
188. Capitaine Coignet, *Cahiers*
189. Sergent Bourgogne, *Mémoires*
190. Marie Sizun, *Un léger déplacement*
191. Nathalie Skowronek, *Karen et moi*
192. Pierre Veilletet, *Oui j'ai connu des jours de grâce*
193. Vincent Hein, *L'Arbre à singes*
194. Curzio Malaparte, *Voyage en Éthiopie*
195. Pascal Quignard, *Leçons de solfège et de piano*
196. Michaël Ferrier, *Kizu, à travers les fissures de la ville*
197. Bruno Smolarz, *Hokusaï aux doigts d'encre*
198. Mameluck Ali, *Souvenirs sur l'empereur Napoléon*
199. Général de Caulaincourt, *En traîneau avec l'Empereur*
201. Hélène Gestern, *Eux sur la photo*
202. Soshitsu Sen, *Vie du thé, esprit du thé*
203. Marie Sizun, *Éclats d'enfance*
204. Christian Garcin, *Jibé*
205. Pascal Quignard, *Sur l'image qui manque à nos jours*
206. Carlos Batista, *Traducteur, auteur de l'ombre*
207. Jacques Bonnet, *Des bibliothèques pleines de fantômes*
208. Baron Fain, *Mémoires*
209. Stéphane Lambert, *Mark Rothko, rêver de ne pas être*
210. Yann Nussaume, *Tadao Andô, pensées sur l'architecture et le paysage*
211. Yves Harté, *La Huitième Couleur*
213. Guéorgui Gospodinov, *L'Alphabet des femmes*
214. Henri Raczymow, *Notre cher Marcel est mort ce soir*
215. Jean-Michel Delacomptée, *Passions, la Princesse de Clèves*
216. Hélène Gestern, *La Part du feu*

217. Pascal Quignard, *Sur l'idée d'une communauté de solitaires*
218. Pier Paolo Pasolini, *L'Inédit de New York*
219. Emilio Lussu, *Les Hommes contre*
220. Stéphane Lambert, *Nicolas de Staël, le vertige et la foi*
221. Marie Sizun, *Un jour par la forêt*
222. Catherine Guillebaud, *Le Pays vide*
223. Antoine Silber, *Le Silence de ma mère*
224. Diane de Margerie, *De la grenouille au papillon*
225. Gusty L. Herrigel, *La Voie des fleurs*
226. Jean-Christophe Bailly, *Une image mobile de Marseille*
227. Stéphane Lambert, *Monet, impressions de l'étang*
228. Philippe Arnaud, *Le Rire des philosophes*
229. Rémy Oudghiri, *Petit Éloge de la fuite hors du monde*
230. Roberto Peregalli, *Les Lieux et la poussière*
232. Hélène Gestern, *Portrait d'après blessure*
233. Yann Nussaume, *Regard sur l'architecture de Tadao Andô*
234. Pascal Quignard, *Une journée de bonheur*
235. Massimiliano Fuksas, *Chaos sublime*
236. Éliane Saliba Garillon, *Le Journal impubliable de George Pearl*
237. Gérard Macé, *Kyôto, un monde qui ressemble au monde*
238. Hélène Gestern, *L'Odeur de la forêt*
239. Fumihiko Maki, Michel Thiollière, *Fumihiko Maki, architecte au long cours*
240. Fumihiko Maki, Ieoh Ming Pei, *Quelques mots pour le futur. Un siècle d'architecture*
241. Christian Garcin, *Borges, de loin*
242. Gérard Macé, *Rome éphémère*
243. Françoise Ascal, *La Barque de l'aube, Camille Corot*
244. Jean Clair, *La Barbarie ordinaire, Zoran Music à Dachau*
245. Jean Pavans, *Proust, Vermeer et Rembrandt, La précieuse matière du tout petit pan de mur jaune*
246. Roland Jaccard, *L'Enquête de Wittgenstein*
247. Claude Arnaud, *Proust contre Cocteau*
248. Frédéric Lenne, *Paul Chemetov, être architecte*
249. Patrick Mauriès, *Quelques cafés italiens*
250. Christian Garcin, *Piero della Francesca*

251. Marianne Bourgeois, *Cinq promenades avec Renzo Piano*
253. Rémy Oudghiri, *Déconnectez-vous !*
254. Hervé Dumez, *Pensées pour soi écrites par d'autres*
255. Patrick Mauriès, *Roland Barthes, au fil du temps*
256. Stéphane Lambert, *Être moi, toujours plus fort. Les paysages intérieurs de Léon Spilliaert*
257. Marc Pautrel, *Ozu*
258. Hélène Gestern, *L'eau qui dort*
259. Diane de Margerie, *Chartres, la femme en pierre*
260. Kengo Kuma, *L'Architecture naturelle*
261. Akira Mizubayashi, *Dans les eaux profondes. Le Bain japonais*
262. Antoine Billot, *Le Désarroi de l'élève Wittgenstein*
263. Loïc Couton, *Renzo Building Workshop, entre la science et l'art*
264. Marc Petitjean, *Destin d'un homme remarquable. Le Docteur Hida d'Hiroshima à Fukushima*
265. Hélène Gestern, *Armen. L'Exil et l'écriture*
266. Arthur Rimbaud, *Œuvres complètes*
267. Élisabeth Foch-Eyssette, *Éloge des voyages et du repos*
268. Rémy Oudghiri, *Éloge du petit matin*
269. Stéphane Lambert, *Visions de Goya. L'éclat dans le désastre*
270. Colette Fellous, *Kyoto Song*
271. Michelangelo Antonioni, *Je commence à comprendre*
272. Suzanne Maudet, *Sans haine mais sans oubli. Neuf filles jeunes qui ne voulaient pas mourir*
273. Philippe Bonnin, *Une estrade pour contempler la lune*
274. Jean-Christophe Bailly, *Café Neon et autres îles. Chemins grecs*
275. Antoine Marcel, *Notes de ma cabane dans les monts*
276. Rudyard Kipling, *Lettres à mes petits préférés*
277. Belinda Cannone, *Le Baiser peut-être*
278. Stéphane Lambert, *Paul Klee jusqu'au fond de l'avenir*
279. Christian Doumet, *Segalen*
280. Philippe Bonnin, *Éloge d'un jardin japonais. Katsura, mythe de l'architecture japonaise*
281. Elena Janvier, *Ces choses qui font battre le cœur*
282. Marc Petitjean, *Le Cœur. Frida Kahlo à Paris*
283. Marc Augé, *Casablanca*

284. Allen Weiss, *Miroirs de l'infini*
286. Géraldine Jeffroy, *Un été à l'Islette*
287. Maïa Brami, *Prenez le temps de lire les étoiles*

ACHEVÉ D'IMPRIMER
EN MAI 2023
SUR LES PRESSES DE
LA NOUVELLE IMPRIMERIE
LABALLERY À CLAMECY
NIÈVRE

Mise en page : Audrey Charbonnier

Numéro d'édition : 1341
Numéro d'impression : 304681
Dépôt légal : juin 2023
Imprimé en France